水浒江州传

洪福 谭小添 / 编著

中国出版集团有限公司
研究出版社

图书在版编目(CIP)数据

水浒江州传 / 洪福, 谭小添编著. -- 北京：研究出版社, 2025.5. -- ISBN 978-7-5199-1764-7

Ⅰ. I207.412；K295.63

中国国家版本馆CIP数据核字第2024LT1809号

出 品 人：陈建军
出版统筹：丁　波
策划编辑：孔煜华
责任编辑：范存刚

水浒江州传

SHUIHU JIANGZHOU ZHUAN

洪　福　谭小添　编著

研究出版社 出版发行

（100006　北京市东城区灯市口大街100号华腾商务楼）
北京隆昌伟业印刷有限公司印刷　新华书店经销
2025年5月第1版　2025年5月第1次印刷
开本：880毫米×1230毫米　1/32　印张：6.5
字数：135千字
ISBN 978-7-5199-1764-7　定价：58.00元
电话（010）64217619　64217652（发行部）

版权所有·侵权必究

凡购买本社图书，如有印刷质量问题，我社负责调换。

● 锁江楼、锁江楼塔（孔祥云摄）

● 浔阳楼（孔祥云摄）

● 浔阳楼题反诗（刘生展绘、殷占堂提供）

● 呼保义宋江（刘生展绘、殷占堂提供）

● 神行太保戴宗（刘生展绘、殷占堂提供）

● 黑旋风李逵（刘生展绘、殷占堂提供）

● 浪里白跳张顺（刘生展绘、殷占堂提供）

出场人物

梁山好汉

宋江：绰号"及时雨"，原为郓城县押司，后因杀人刺配江州，晁盖死后为梁山之主。

朱贵：绰号"旱地忽律"，梁山探听声息酒店主。

晁盖：绰号"托塔天王"，梁山寨主。

吴用：绰号"智多星"，梁山军师。

萧让：绰号"圣手书生"，梁山行文走檄调兵遣将头领。

金大坚：绰号"玉臂匠"，梁山制造兵符印信头领。

阮小二：绰号"立地太岁"，梁山水军头领。

阮小五：绰号"短命二郎"，梁山水军头领，阮小二弟弟。

阮小七：绰号"活阎罗"，梁山水军头领，阮小二、阮小五弟弟。

白胜：绰号"白日鼠"，梁山走报机密头领。

刘唐：绰号"赤发鬼"，梁山步军头领。

燕顺：绰号"锦毛虎"，梁山马军头领。

杜迁：绰号"摸着天"，梁山步军头领。

宋万：绰号"云里金刚"，梁山步军头领。

王英：绰号"矮脚虎"，梁山马军头领。

郑天寿：绰号"白面郎君"，梁山步军头领。

石勇：绰号"石将军"，梁山步军头领。

花荣：绰号"小李广"，梁山马军头领。

吕方：绰号"小温侯"，梁山马军头领。

郭盛：绰号"赛仁贵"，梁山马军头领。

黄信：绰号"镇三山"，梁山马军头领。

江州好汉

李俊：绰号"混江龙"，艄公、私盐贩子，"三霸"之首。

李立：绰号"催命判官"，酒店主，"三霸"之一。

童威：绰号"出洞蛟"，私盐贩子，李俊亲随。

童猛：绰号"翻江蜃"，私盐贩子，李俊亲随。

薛永：绰号"病大虫"，流落江湖的使枪棒卖药艺人。

穆春：绰号"小遮拦"，穆家庄少庄主，"三霸"之一。

穆弘：绰号"没遮拦"，穆春哥哥，穆家庄少庄主，"三霸"之一。

张横：绰号"船火儿"，艄公，"三霸"之一。

戴宗：绰号"神行太保"，江州两院押牢节级，吴用好友。

李逵：绰号"黑旋风"，江州牢城营牢子。

张顺：绰号"浪里白跳"，张横弟弟，江州渔牙主人。

侯健：绰号"通臂猿"，流落江湖的裁缝。

江州官府人物

黄文炳：绰号"黄蜂刺"，无为军通判。

蔡德章：绰号"菜酒知府"，江州知府。

黄孔目：江州府孔目。

赵差拨：江州牢城营差拨。

王管营：江州牢城营管营。

知军：无为军知军。

黄书郎：绰号"黄鼠狼"，黄文炳亲随。

蔡小郎：绰号"豺狼"，黄文炳亲随。

和清：蔡德章府中执事人。

黄平：绰号"牧马人"，江州团练使，济州团练使黄安的弟弟。

战九朝：绰号"占鸠巢"，江州捕盗官。

应全：绰号"鹰犬"，江州捕盗官。

和沙：绰号"名利客""佳人绝"，江州府刽子，和清哥哥。

高二郎：江州府刽子。

江州民间人物

黄文烨：绰号"黄佛子"，黄文炳哥哥。

惠洪：惠洪觉范，诗僧。

穆太公：穆家庄老庄主，穆弘、穆春父亲。

小张乙：赌房主。

酒店主人：琵琶亭酒店主人。

宋玉莲：卖唱女。

宋母：宋玉莲母亲。

宋父：宋玉莲父亲。

庙祝：白龙神庙庙祝。

芷汐：出场时为孩童。

芷老汉：芷汐外祖父。

和潼：和沙、和清哥哥。

其他人物

胡伸："江左二宝"之一。

朱松：理学家。

朱森：朱松父亲。

程氏：朱松母亲，童威姨母。

晏孝广：抗金义士。

晏贞姑：出场时为孩童，晏孝广之女。

张千：济州府押解公人。

李万：济州府押解公人。

郭太公：当朝探花郭孝友父亲。

赖文俊：道号"布衣子"，风水师。

宋太公：宋江、宋清父亲。

宋清：绰号"铁扇子"，宋江弟弟。

陈求道：江州义门后人。

彭修：本朝文状元彭汝砺之子。

汪藻："江左二宝"之一。

阎婆惜：宋玉莲在京师时的好友，后在济州为宋江所杀。

李巧奴：宋玉莲在京师时的好友，后在建康府为张顺所杀。

刘高：青州清风寨文知寨，后被花荣所杀。

徐俯：黄庭坚外甥。

侯父：侯健父亲。

王仔昔：道人，被徽宗赵佶赐号"冲隐处士"，进封"通妙先生"。

徐衡：当朝武状元。

提及人物

晏殊：时抚州今江西省南昌市进贤县人，晏孝广曾祖。政治家、文学家。

晏几道：时抚州今江西省南昌市进贤县人，晏殊之子。词人。

朱熹：时歙州今江西省上饶市婺源县人，朱松之子。理学家。

郭孝友：时吉州今江西省吉安市遂川县人。当朝探花。

欧阳修：时吉州今江西省吉安市永丰县人。政治家、文学家。

黄庭坚：时洪州今江西省九江市修水县人。文学家、书法家。葬于修水县杭口镇双井村黄氏祖茔。

曾巩：时建昌军今江西省抚州市南丰县人。政治家、文学家、史学家。

王韶：时江州今江西省九江市德安县人。名将。

佛印：时饶州江西省景德镇市浮梁县人。诗僧。

王安石：时抚州今江西省抚州市临川区人。政治家、文学家、改革家。

地名注释

江西城市

永修县：今江西省九江市永修县。

南康军：北宋时属江南东路，辖江州星子、洪州建昌、饶州都昌诸县，以星子县为军治。今皆属江西省九江市。

吉州：约今江西省吉安市。

虔州：约今江西省赣州市。

分宁县：约今江西省九江市修水县。

泰和县：今江西省吉安市泰和县。

星子县：约今江西省九江市庐山市星子镇。

饶州：约今江西省上饶市。

柴桑县：东汉时属荆州寻阳郡，约今江西省九江市柴桑区。

临川县：今江西省抚州市临川区。

鄱阳县：约今江西省饶州市鄱阳县。

湖口县：今江西省九江市湖口县。

彭泽县：今江西省九江市彭泽县。

洪州：约今江西省南昌市。

德安县：今江西省九江市德安县。

贵溪县：约今江西省鹰潭市贵溪市。

乐平县：今江西省景德镇市乐平市。

信州：约今江西省上饶市信州区。

九江景物

庐山：位于今江西省九江市庐山市。

西林寺：位于庐山北麓。

东林寺：位于庐山西北麓。

承天院：今名能仁寺，位于今江西省九江市浔阳区。

白鹿洞：今为白鹿洞书院，位于庐山五老峰。

浪井：又名灌婴井、瑞井，位于今江西省九江市浔阳区。

庾楼：又名庾亮楼，位于今江西省九江市浔阳区。

栖贤桥：又名观音桥、三峡桥，位于庐山南麓五老峰与汉阳峰中。

羲之洞：位于今江西省九江市庐山市。

康王谷：位于今江西省九江市庐山汉阳峰。

江天锁钥楼：今名锁江楼，位于今江西省九江市浔阳区。

甘棠湖：古称景星湖，位于今江西省九江市浔阳区。

李公堤：位于甘棠湖。

思贤桥：位于甘棠湖。

烟水亭：位于甘棠湖。

龙虎山：位于今江西省鹰潭市。

石钟山：位于今江西省九江市湖口县。

狄公祠：位于今江西省九江市彭泽县。

名词注释

黄龙宗：为佛教八大宗派之一禅宗之临济宗的支派。

净土宗：为佛教八大宗派之一。

江州车：一种手推独轮车，便于山地运输。相传为诸葛亮在巴郡江州县（今属重庆市）创制，故称。

筛酒：指打酒、滤酒、倒酒、斟酒、温酒、煮酒等各步骤或全过程。

分茶：是一种将茶事升华为奇特艺术创作和欣赏的游戏。

手实法：亦称首实法。为官府令民户自报田地和财产作为征税依据的办法。

目录

001　第 一 回　西林寺与东林寺
011　第 二 回　承天院与白鹿洞
020　第 三 回　催命人与救命人
027　第 四 回　卖艺人与借宿人
035　第 五 回　馄饨与板面
046　第 六 回　钱与钱
056　第 七 回　黑与白
066　第 八 回　琵琶亭与琵琶女
076　第 九 回　天花井与桃花源
089　第 十 回　蓝桥酒与西江月
106　第十一回　圣手生与玉臂匠
119　第十二回　浸月亭与烟水亭
127　第十三回　蒙汗药与蒙汗药
135　第十四回　法场与道场
150　第十五回　英雄与好汉
159　第十六回　庙堂与江湖
167　第十七回　无为与有为
178　第十八回　家乡与他乡

第一回
西林寺与东林寺

横看成岭侧成峰,远近高低各不同。

不识庐山真面目,只缘身在此山中。

黄文烨盯着这壁上的诗句,良久无语。

这首诗乃《题西林壁》,是这当朝已逝先贤"东坡居士"苏轼咏庐山所作。那时节,正是元丰七年五月间,遭谪黄州的苏轼由贬所北返,途经江州。虽是贬谪之身,虎卧荒丘,亦不可错过这座大好庐山。苏轼遂与友人诗僧"参寥子"道潜同行游山。见这峰峦雄奇险秀,登时触发壮思。见那山水瑰丽醉人,立马引出逸兴。遂挥毫抒怀,以明法理,以咏庐山。

世间皆知苏轼先后写就若干庐山游记,然世人却独爱这《题西林壁》。

黄文烨家里满堆书卷,平昔甚爱苏轼其诗其人,更兼喜好庐山景物。亦知这"庐山"之名出自司马迁的《史记》，是为"余南登庐山，观禹疏九江"。后有晋朝孙放作《庐山赋》，其曰"寻阳郡南有庐山，九江之镇也"。文烨曾阅卷而知孙氏家门事。说这孙放幼时甚是聪慧，年七八岁时，与父孙盛随从庾亮狩猎。庾亮问道："君亦来耶？"孙放应声答道："无小无大，从公于迈。"那孙盛以博学闻名，然仕途不顺，先后任陶侃、庾亮诸人僚佐。孙放有后人名孙康，家贫，夜读无烛，乃出庭坐于雪地映雪读书，后扬名于世。"苏轼、司马迁、孙氏皆难免生平坎坷，却为我江州题咏。"黄文烨暗自感叹不已。

"想东坡居士过江州时，天子乃是神宗皇帝。而今圣上是神宗子赵佶，他终日沉溺花石书画，又受蔡京蛊惑，说甚么陛下当享天下之奉，人主当以四海为家，岂可徒自劳苦。极尽丰享豫大之能事。使得多少好汉空有一身本事，屈沉在贪滥小人之下。人皆言蔡京强悍自专，侈大过制，无君臣之分。然深得官家依赖，故朝野上下巴结得紧。今观我辈，又有几人能不沾染这官场，甘心落得个自在。"黄文烨读这诗已然数遍，不知何故，次次皆有别样感悟。

"只缘身在此山中。好一个'缘'字！"他在心中暗暗喝彩道。

这黄文烨心地淳良，平生只是行善事——修桥补路，塑佛斋僧，扶危济困，救拔贫苦。那无为军城中都叫他"黄佛子"。

他亦觉与佛有缘，时常要来这西林寺参拜不已。

西林寺者，为庐山北山第一寺也。

东晋太元二年，江州刺史陶范为恭请高僧慧永在庐山讲学、

第一回　西林寺与东林寺

弘扬佛道，在此筑建寺院，由慧永住持。该寺宇长廊绕涧、斜砌环池，名西林寺。

这陶范乃东晋名将陶侃之子。陶侃在唐朝德宗在位时，便已成为武成王庙六十四将之一。至当朝天子赵佶继位后，则位列武庙七十二将。

唐朝开元十九年，玄宗李隆基敕令重修西林寺。

本朝太平兴国年间，太宗赵炅赵光义御赐"太平兴国乾明禅寺"额，西林寺由此成为禅寺。至景德年间，黄龙宗常贤禅师执掌法席，扬三关遗风，振临济宗法，修殿宇廊庑，遂成海内一大名寺。这黄龙宗创于黄龙山。黄龙山与幕阜山一脉，那幕阜山连此庐山。陈抟有《游黄龙幕阜山》云："山高一千二百丈，太玄二十五洞天。"那陈抟是个道高有德之人，能辨风云气色。太祖皇帝创业之初，陈抟一日骑驴正行之间，听得路上客人传说，如今汴州城内，已让位与赵点检赵匡胤登基。那陈抟先生听得，心中欢喜，以手加额，在驴背上大笑，撅下驴来。人问其故，那先生道："天下从此定矣！"时人皆信之。话说这西林寺，名人雅士纷至沓来，留下诸多诗词歌赋，其中东坡先生这一首《题西林壁》更是名传天下。

实则苏东坡在东林寺亦曾留有诗句，却少有人知。

诗为《赠东林总长老》，其意亦颇深远：

溪声便是广长舌，山色岂非清净身。

夜来八万四千偈，他日如何举似人。

东林之寺晚于西林，时为东晋太元八年，有高僧慧远大师践约来庐山，拟偕慧永法师往罗浮山潜修，见庐山清静足以息心，遂留住龙泉精舍，后移居西林。

太元九年，桓伊任江州刺史，接受慧永提议，为慧远建新道场。太元十一年，新寺落成，因在西林寺之东，故称东林寺。慧远领众修道、匡正佛法，德行感召，留名千古，被后世奉为净土宗初祖。后唐朝高僧鉴真曾至此，偕东林寺僧智恩同渡日本，将净土宗教义东传。

而那建寺桓伊亦非常人。他于此前同一众名将挥师淝水，率八万晋军大破前秦"天王"苻坚统率的八十万大军，封永修县侯。桓伊善于吹笛，号称"江左第一"，素有"笛圣"之称，其笛谱被唐代琴师颜师古改编为琴曲《梅花三弄》。

后至有唐一朝。先是贞观年间，太宗李世民游东林寺，亲题"聪明泉"碑。再是太和九年，曾任江州司马的白居易以其文集六十卷藏于东林经藏中。其后，复送文集后十卷及香山居士像于寺。

再至南唐保大十二年，敕建驮跋陀罗舍利塔。其后南唐国主铸铁罗汉五百尊送东林寺，寺僧造阁以供奉之。

又至本朝元丰三年，神宗赵顼诏升东林为禅寺。

东林寺与西林寺均依庐山而立，虽相距不过百丈，然景观各有千秋。

第一回　西林寺与东林寺

西林寺小巧紧凑，秀丽严谨；东林寺则规模宏大，气势雄伟。

因唐太宗亲临，又因江州司马白居易藏文集等原因，加之世人以东为尊，且这东林寺雄伟宏大，遂使江州大小官员皆喜来东林寺，城中的富户亦纷纷效仿。时日一长，便有了那"富贵来东林、贫贱往西林"之说。黄文烨家境殷实，但不喜与官员为伍，所以宁愿自降身价，做那"贫贱之人"。

这黄文烨有个嫡亲弟弟，唤做黄文炳，与黄文烨是一母所生。

黄文炳现在这江州对岸有个唤做无为军的城里任在闲通判。闻知这江州知府蔡德章是当朝太师蔡京的儿子，那人为官贪滥，做事骄奢。为这江州是个钱粮浩大的去处，抑且人广物盛，因此蔡京特地教他来做个知府。黄文炳故每每来浸润他——时常过江来谒访知府，指望他引荐出职，再欲做官。

这蔡知府是蔡太师第九子，因此江州人叫他做蔡九知府。他只是倚仗家势，自身无甚才学，被江州百姓私下里唤做"菜酒知府"，时间一长，又直接称为"酒肉知府"。

蔡九正苦于不懂治理，见黄文炳百般示好，且其腹有经书，便收为己用。

那黄文烨在西林寺礼佛之时，这黄文炳正陪蔡九在东林寺上香。

蔡九甚是烦恼！却说这烦恼何来？乃是因为他父亲的生辰

将近。

这六月十五日是蔡京生辰。每逢生辰，朝野上下均一阵骚动——那州府官员各自喜忧。巴结者皆喜："甚好甚好！借此收买金珠宝贝，一者送上京师庆寿，二者留做自身享用！"讨厌者皆忧："甚烦甚烦！这礼物不送，必将遭斥遭贬；若送，这诸般礼物却从何来？"更有那不以礼喜不以物忧者煞费心神："钱财易得，然送何般礼物可让太师大人欢颜？若礼物到那东京太师府上，却惹得蔡太师不满，这后果可不堪设想！"

故鄱阳有人言：欺君罔上，专权怙宠，蠹国害民，坏法败国，奢侈过制，赇贿不法者，蔡京始之。

实则何止大小官员，就是蔡京自家儿女亦有此忧虑。

蔡京有个女婿唤做梁世杰，任北京大名府留守司，人称"梁中书"，上马管军，下马管民，最有权势。

前年，梁中书收买了许多玩器并金珠宝贝，使人送去给蔡京贺寿，不到半路，尽被贼人劫了，枉费了那一遭财物，至今严捕贼人不获。

去年，他又使人收买礼物玩器金珠宝贝，再次送上京师庆寿。被江湖学究吴用主张计较，使好汉晁盖等人将蒙汗药搅在酒里，诓得押运军汉吃下麻翻了，将那十万贯金宝尽装上七辆江州车儿，尽数掳去了。

生辰纲连续两番遭劫，令蔡太师颜面尽失，就于府中星夜押下一纸公文，限令立等捉拿这伙贼人，便要回报。

此纸公文一去，遂令江湖血雨腥风。

第一回　西林寺与东林寺

先是那济州府两次出兵，被晁盖、吴用等人用计打败，那济州太守亦因此而被革职。

后是那晁盖、吴用等人啸聚梁山，火并原任大头领王伦，霎时间水泊梁山好生兴旺，声势远盛从前。

蔡京隐约感觉那梁山，或早或晚必将成为心腹大患！

"幸亏我这江州一带比那北京大名府地界安全，没有那些胆大妄为不要命的强人草寇，不然我的生辰纲岂不是也要被劫了？"

"那可都是自己辛辛苦苦、积少成多而来，本官实属不易啊！"

"更有甚者，将使父亲大人震怒啊！"

每思至此，蔡九便阵阵后怕。

"还有黄全那厮，总是叫嚷着要去复仇，真是给本官添乱！这厮一介武夫、粗鲁不堪。去年使他赴潭州会大理进奉使，却无结果，惹得父亲烦恼，着实无用。不过这大理国主段和誉倒是乖觉之人，懂得依我宋室。"

蔡九抬眼环视大殿，心中道："想那段和誉之父段正淳也是奇怪，皇帝不做，出家为僧。这等所在，寡欲得紧，怎比红尘？这段家父子，真个不如我蔡家父子，不知享齐人之福也！"

"黄全家仇是小！我父亲的生辰是大呀！"

"想那前任，原是父亲门人，把着这地广物丰、如此浩大一座江州，于生辰纲上却令父亲不甚满意，仅岁余，便被调往与此处相去甚远的华州去，那里人都称他贺太守。那里虽是陈抟处士修道处，然不免苍凉，怎比江州？自我新任，去岁使人送去的是景德镇瓷器和那措手七十二、一纸方荡成的铅山连史纸,父亲大人很是喜爱。今岁这寿礼送些何物?从何处来?又将如何平安送到东京?"

蔡九只知父亲如今委他江州,不知当初父亲未把这江州放在心上。后圣上赵佶赐画一幅,名曰《千里江山图》,蔡京大喜,欢欣题跋云:"政和三年闰四月八日赐。希孟年十八岁,昔在画学为生徒,召入禁中文书库,数以画献,未甚工。上知其性可教,遂诲谕之,亲授其法,不逾半岁,乃以此图进。上嘉之,因以赐臣京,谓天下士在作之而已。"又为最爱的第七子蔡绦取字为得图。蔡京随后方知,这世间无比景出自江州,乃是庐山与那鄱阳湖,遂重江州,委门人,怎料不得其意。那贺太守知江州间,因自身贪色,觅得壮阳好物名黄雀朒,遂以这黄雀朒制咸豉一百单八缶,使人上京去庆贺蔡太师生辰。此物稀则稀矣,壮则壮矣,然非蔡京真喜好也。

蔡九一边在心里嘀咕着,一边缓缓步出殿来。

黄文炳见蔡知府心事重重,遂把原已在心中备好、熟练的"知府大人一片孝心,真是感天动地,下官不禁为之动容等等"言语生生咽了回去。

黄文炳小心翼翼随在蔡九知府身后,亦步亦趋,向前走去……

西林壁有诗,东林殿有宝,然庐山第一寺乃为归宗寺。

金轮峰前,玉帘泉旁,古樟林立,翠竹丛生。归宗寺山门上横额大书"江右第一山"。

第一回 西林寺与东林寺

天王殿内，一僧人缓缓步入。佛前跪拜的外来三人长身而起。那僧人先打了问讯，说道："太公檀越。"

为首老者向前施礼，道："惠洪禅师，有些小事，特来上刹相浼。"

原来，这僧人便是称做当世第一诗僧的惠洪觉范。

惠洪是这江西筠州人，舞勺之年，成了孤儿，只好出家。后到庐山依临济宗黄龙派下学禅。此人禅学了得，诗文更是了得，跃为宋僧之冠。东坡居士苏轼病逝，惠洪成诗哀悼，言"一代风流今已矣"。山谷道人黄庭坚有诗《赠惠洪》：

数面欣羊腔，论诗喜雉膏。
眼横湘水暮，云献楚天高。
堕我玉麈尾，乞君宫锦袍。
月清放舟舫，万里渺云涛。

大观年间，惠洪入东京，天子赵佶亲赐其号为"宝觉圆明"。

某元宵夜，惠洪独宿袁州寒岩寺，作《上元宿百丈》诗，被蔡京弟媳贬称为"此浪子和尚耳"！

政和元年，因"元祐党籍"坐累，惠洪被蔡京党羽告密，遭流放。历三载，蒙赦回返。念世事多艰，心灰意冷，由是专心学禅，专以著述，少问世事。

惠洪轻声回道："施主父子上山不易。"

那太公答道:"老汉的儿子从小不务农业,只爱刺枪使棒。求禅师点化,也让他弟兄两个积些阴德。"

惠洪对太公说道:"行当洗过恶,佛祖重皈命。"

太公身后那两个大汉双双合掌,却不言语。

惠洪缓缓闭上双目,口中道:"方叹息,为遮拦。"

第二回
承天院与白鹿洞

"定要救下他来!"

李俊暗道。虽是对自己说,却是坚定异常。

李俊,祖贯庐州。专在扬子江中撑船为生,识水性。人都呼其做"混江龙"李俊。

自到江州以来,李俊凭着一身本领,使得江州各路好汉来投。目前守着浔阳江、霸着揭阳岭,更加逍遥快活。

每有闲暇,他便一个人到这耸立于浔阳江岸的承天院里来。

无事。

发呆。

不为礼佛。

只为发呆。

承天院始建于南朝梁武帝年间。

唐朝大历元年,有位号白云的法师云游至此,见寺院一片瓦砾,就结茅为居,募捐修整了大雄宝殿和大胜宝塔,从此香火不断。

本朝庆历年间,有位也号白云的禅师来院住持。这位白云禅师是南宗南岳法系十二世。又得临济宗正脉,是为临济宗九世。曾有偈语曰:"为爱寻光纸上钻,不能透处几多难。忽然撞着来时路,始觉平生被眼瞒。"又有诗云:"我有明珠一颗,久被尘劳关锁。而今尘尽光生,照破青山万朵。"人皆叹服不已。这禅师一面鸠工庀材,扩建殿宇,一面开堂示讲,传灯阐教,一时人众如云集,承天院亦声名藉甚。又有郭祥正等人鼎力相助。那郭祥正少年即倜傥不羁,诗文有飘逸之气,史传其母梦李白而生。黄庭坚赞其诗"如此数绝,真得太白体,宜为诸老之所称赏也"。众人纷称"天才如此,真太白后身也!""江南又有谪仙人""人疑是太白重生",诸如此语,不胜枚举。皇祐五年,郭祥正迁星子县主簿。仅一载,弃官而去。嘉祐四年,赴德化任县尉。四载任满又去。任德化县尉间,郭祥正与这承天院住持白云禅师交厚,人曾见白云禅师抵其家,羡煞江州父老。后,那与东坡先生交好的饶州佛印和尚入主承天院,更是弘大禅门。及至熙宁三年,被苏东坡称颂"学术才能兼百人之器"的陈舜俞被贬谪监南康军盐酒税。期间作《庐山记》,亦作《承天院》,其诗曰:

建昌门外小禅居,竹槛松窗静有馀。
全近江湖添怅望,乍离城市易清虚。
人思求友听啼鸟,僧爱忘筌看得鱼。

第二回　承天院与白鹿洞

不为山南多胜处，便堪从此驻巾车。

至元祐六年时，相传有寺僧梦见一面目奇古的铁佛托梦于他，说他将乘石船浮江至江州。次日寺僧至江边迎接，果有铁佛乘石船泊岸，寺僧找人将其搬入寺内供奉，乃增建铁佛寺。

那大雄宝殿极具特色，单层重檐，八角高翘，朱柱回廊，古朴庄严。殿内供有释迦牟尼佛、摩诃迦叶、阿难陀三尊木雕金佛像，三尊佛像威严安详，光辉普照。左右两边塑有十八罗汉，形态各异，栩栩如生。但李俊从未走进去过。

这大胜宝塔塔高一百四十尺，分七层六面，石凿成栱，砖砌牙檐。登高远眺，浔阳江尽收眼底。大胜宝塔，李俊倒是经常上去，他很喜欢这种俯视大江的感觉。更是因为这浔阳江中也有一条"混江龙"。传说，李世民登基前，曾带兵驻扎在浔阳。那日，那龙触犯天条要被处斩，托梦求李世民救命，道是只要设法拖住可代天帝斩龙的魏徵，过了午时三刻就行。于是李世民约魏徵饮酒下棋，使他醉卧不起。李世民见魏徵大汗直淌，就给他轻轻扇了三下。只见魏徵忽然醒来说："好个三股凉风，助我斩了那混江蛟龙。"

李俊心底记起苏东坡给郭祥正的诗来：

一双铜剑秋水光，两首新诗争剑铓。
剑在床头诗在手，不知谁作蛟龙吼。

李俊常常会隐隐觉得，无论是昔日扬子江，还是今日浔阳江，皆非他"混江龙"的"江"。或者，扬子江也好，浔阳江也罢，都容不下他这条"龙"……

真个"不知谁作蛟龙吼"，正是"全近江湖添怅望"。蓦然想起浔阳江畔有一座白龙庙，不知是否与那"混江蛟龙"有关？正寻思间，身边忽起一阵黑旋风，转头望去，看见那里正是天王殿。李俊脑中突然莫名闪过一个名字——"托塔天王"晁盖。恍惚中，他仿佛见到了一条大汉独自托着青石宝塔涉水而来……

万里长江，中间流经多少州府，有名的是这一条浔阳江，中间通着多少去处，有名的是这一片鄱阳湖。

这鄱阳湖于石钟山入江口，故此地称湖口县，属江州。那端连着乐安河，发自婺源县，属歙州。

鄱阳湖畔，长江之滨，耸立着好大一座庐山，时人言庐山有三十六座大峰，七十二座小峰，共是一百单八座山峰。

鄱阳湖上又有两座山峰，形似履鞋，好生奇怪。人言是凌波仙子夜游鄱阳湖，赏千山月色，览万顷湖光，喜极之下遗下绣鞋一只，成此一座孤山。又因与长江中一孤石岛遥对，故这山名大孤山，那山名小孤山。大、小孤山，四面临水，横扼湖口，孤峰独耸，山崖陡峭，使人望之顿生人生孤寂之感。

先前唐朝有诗曰：

大孤山远小孤出，月照洞庭归客船。

第二回　承天院与白鹿洞

后吉州人有诗云：

凌波仙子夜深游，遗得仙鞋水面浮。
岁久不随陵谷改，化作砥柱障中流。

此时，只见这江湖之上，一只快船飞也似从上水头摇将下来。船上有两个后生，相貌相仿：一个倒背双手，立在船头上；梢头一个后生，摇着两把快橹。湖光之下，早到婺源。两个上岸，径奔县里一户人家来。

这户人家张灯结彩，吹吹打打，热闹非凡。众多人等进进出出，喜气洋洋，正办亲事。新郎名唤朱松，年方二十，是这朱家长子。新妇祝氏为独女，小字唤做小五娘。朱氏一门，世为著姓，以儒传家，名冠婺源。家主姓朱名森，娶妻程氏，生四子：朱松、朱柏、朱桯、朱槔。

那程氏见这两个后生进来，立时大喜，携住二人的手，一同到席上。朱森便向朱松四个道："你等六人，皆未曾谋面，这弟兄两个是你母亲面上的。"程氏接口道："他两个的母亲，却是我姐姐。"朱森又道："他两个是浔阳江边人，江中伏得水，湖上驾得船，十分了得。哥哥唤做出洞蛟童威，弟弟叫做翻江蜃童猛。"

二童、四朱齐齐见礼，免不得开怀畅饮。只见朱森引着一人，直到席前坐定。皆叙礼罢，朱森道："这位先生，便是胡伸胡博士。"朱松四个急齐齐唱喏，童威两个忙双双施礼。这胡伸是本县人，哲宗绍圣年间中进士，授教授。崇宁初，当今圣上赵佶进他为博士。满县人都称他做胡博士。

童威、童猛二人父母俱亡,不曾婚娶,今番得见姨母非常高兴。众人直饮到夜深。二童要行。那程氏泪流不止,苦留两人宿下。胡伸眼见得醉饱了,一步高,一步低,跟跟跄跄捉脚不住,携住二童的手,唱道:"谁能分梦觉,真妄两悠悠。"

童威、童猛跪拜而别。不想此一别去,今生未曾再见。

弟兄两个急急奔到岸上,飞也似摇船而去。却是特地去接一个人……

"烟花三月下扬州。李太白此句真个应时。"

那天,晏孝广心情大好。晏氏一门起于抚州,晏殊一度拜相,名噪天下。其子晏几道亦负盛名,因拒见苏轼,不事蔡京,朝野竞传。至孝广,家道已然中落。此番补扬州,正好施展手段,给祖宗争口气。

"贞姑,父亲今日带你离开家乡,怕是不知何日回还呐!"晏孝广向车中望去,三岁孩童睡得正沉。

晏孝广正行,只见远远地转过三个人来。当中一人,项带行枷,乃是配军。他心下道:"只今满朝,多是奸邪,蒙蔽圣聪。只望早日云开见日。"

眼见走得近了,带枷之人立住了脚。孝广看时,见那人身躯六尺,生得眼如丹凤,眉似卧蚕。滴溜溜两耳垂珠,明皎皎双睛点漆。唇方口正,髭须地阁轻盈;额阔顶平,皮肉天仓饱满。虽是刺了面颊、带了行枷,仍是浑如虎相。

第二回　承天院与白鹿洞

晏孝广向那人微微颔首,拍马奔去……

"一路向前,怕不用月余,便是江州!"

眼望那队车马背驰而去,这配军心绪复杂地暗道一声。

"此地有浔阳江,又有那鄱阳湖,不知却是怎生一个江湖?"

他抬眼向前方望去,前路茫茫。

他转身向后方望去,后路苍苍。

一时之间,思绪万千。

他自幼曾攻经史、刀笔精通,如今江湖在前,烟雨迷途,不免感慨一番。他蓦地想起东坡学士在那黄州赋就的佳句来。

先是"大江东去,浪淘尽,千古风流人物",又是"江山如画,一时多少豪杰"。

豪迈!伴着无奈!

"如今只得听候限满,多想无益。"

他忽然想起,那夜与教授吴用的秉烛夜谈。

谈及江州有一个极好去处,唤做白鹿洞。那吴学究不慌不忙,微微笑道:"说是江州刺史李渤,数年前隐居庐山,以养白鹿自娱,人称'白鹿先生'。那是唐朝宝历元年,李渤上任后,在隐居旧址建台,引流植花,号为'白鹿洞'。到得南唐升元四年,李善道等人奉国主李昪之命在白鹿书院置田聚徒讲学,称为庐山国学,亦称白鹿国库、白鹿国学、匡山国子监,与金陵国子监齐名。本朝太平兴国二年,应江州知府周述之请,太宗皇帝赵光义曾赐国子监印本儒家九经,令白鹿洞天下闻名。及至仁宗当政,皇祐六年春时，兵火波及，书堂被毁。遂令大好盛景，时人皆不得观瞻！观当今朝廷，重文轻武颇盛，想当今圣上，堪称书画双绝。缘何一书院，却不得存焉？"

那夜月凉如水，两个习文之人，双双一番感叹。

"怎么这白鹿洞与李氏如此有缘。不知此去江州，我那有缘人姓甚名谁？"

他收回思绪，问身旁那张千、李万两个公人："你两个可知，此去可经过白鹿洞？"

"押司，此去江州牢城营，无须经过白鹿洞。"那公人李万回道。

"既如此，那便是无缘！"

两个公人默默向前走去。

他在心底暗道："观音菩萨保佑，九天玄女显灵，让我断配这江州后，不再生事端！"

"家中上有老父在堂，我却不曾孝敬！却是苦害家中，累得老父怆惶惊恐。真是上逆天理，下违父教，做了不忠不孝的人在世，虽生何益！"

落日之下，他猛地挺直身躯，高声吟诵起来。那诗的作者又是李氏，是那李世民皇族之后，是这江南西路建昌军人，姓李名觏。此人后收一门生，亦是建昌军人，声名盛过李氏，名唤曾巩。那诗乃为《乡思》：

人言落日是天涯，望极天涯不见家。

已恨碧山相阻隔，碧山还被暮云遮。

张千闻听，不禁回首向来路张望不已。李万道："押司莫要这般伤感。"

"天可怜见，使我宋江早日挨够程限，早得归去，父子团圆，弟兄完聚，也得早晚伏侍父亲终身。"

第二回
催命人与救命人

揭阳岭。

爬过需行半日的一座高岭。

岭脚边有一个酒店,背靠颠崖,门临怪树,前后都是草房,树阴之下挑出一个酒旆儿来。

上面当中写着一个大字——

酒

"如此一个去处,竟是如此旗号?"宋江心下好奇。

"如此一个去处,竟有一座酒肆!"二公人心下欢喜。

三人行得正累,见了酒店,俱各心中欢喜,宋江便与二公人道:"我们肚里正饥渴哩,原来这岭上有个酒店,我们且买碗酒吃去了便走。"

第三回　催命人与救命人

三个人向前，定睛看那酒筛儿，只见那大字旁各有五个小字，写的是：

出出洞酒香

翻翻江市好

张千、李万两个公人看了不以为意，宋江却心中一动，识得这出自唐朝才子皮日休所作《酒中十咏·酒旗》，诗曰：

青帜阔数尺，悬于往来道。
多为风所飐，时见酒名号。
拂拂野桥幽，翻翻江市好。
双眸复何事，终竟望君老。

皮日休在唐朝时出任太常博士，黄巢称帝后，出任翰林学士，黄巢败亡后，皮日休下落不明。他也是时运不济。

"却不知那句'出出洞酒香'又是何人所作？不料如此所在，竟有此等文雅？"宋江边思索着边与两个公人同入酒店来，两个公人把行李放了，将水火棍靠在壁上。宋江让他两个公人上首坐定，便于下首坐了。

过了半个时辰，却不见一个人出来。

宋江叫道："怎地不见主人家？"只听得里面应道："来也，来也！"

侧首屋下走出一个大汉来。

那人头上一顶破头巾，身穿一领布背心，露着两臂，下面围一条布手巾。

看着宋江三个人唱个喏道："拜揖！客人打多少酒？"宋江道："我们走得肚饥，你这里有甚么肉卖？"那人道："只有熟牛肉和浑白酒。"宋江道："最好。你先切二斤熟牛肉来，打一角酒来。"那人道："客人休怪说。我这里岭上卖酒，只是先交了钱，方才吃酒。"宋江道："这个何妨，倒是先还了钱吃酒，我也欢喜。等我先取银子与你。"那人道："恁地最好。"宋江便去打开包裹，取出些碎银子。

那人立在侧边偷眼睃着，见他包裹沉重，有些油水，心内自有八分欢喜。

接了宋江的银子，便去里面舀一桶酒，切一盘牛肉出来。放下三只大碗，三双箸，一面筛酒。三个人一头吃，一面口里说道："如今江湖上歹人多，有万千好汉着了道儿的。酒肉里下了蒙汗药，麻翻了，劫了财物，人肉把来做馒头馅子。我只是不信，哪里有这话！"那卖酒的人笑道："你三个说了，不要吃。我这酒和肉里面，都有了麻药。"宋江笑道："这个大哥，瞧见我们说着麻药，便来取笑。"两个公人道："大哥，热吃一碗也好。"那人道："你们要热吃，我便将去烫来。"那人烫热了将来，筛做三碗。正是饥渴之中，酒肉到口，如何不吃。

三人各吃了一碗下去。只见两个公人瞪了双眼，口角边流下涎水来，你揪我扯，望后便倒。宋江跳起来道："你两个怎地吃

第三回　催命人与救命人

得三碗便怎醉了？"向前来扶他，不觉自家也头晕眼花，扑地倒了。光着眼，都面面厮觑，麻木了动掸不得。

酒店里那人道："惭愧！好几日没买卖，今日天送这三头行货来与我。"先把宋江倒拖了入去，山崖边人肉作房里，放在剥人凳上，又来把这两个公人也拖了入去。常言道：公人见钱，如蝇子见血。所以那人素来不喜公人。

那人再来，却把包裹行李都提在后屋内，解开看时，都是金银。那人自道："我开了许多年酒店，不曾遇着这等一个囚徒！量这等一个罪人，怎地有许多财物，想此是一套不义之财，却不是从天降下，赐与我的。"

那人看罢包裹，却再包了，且去门前望几个火家归来开剥。立在门前看了一回，不见一个男女归来，只见岭下这边三个人奔上岭来。

那人恰认得，慌忙迎接道："大哥，哪里去来？"那三个内一个大汉应道："我们特地上岭来接一个人，料道是来的程途日期了。我每日出来，只在岭下等候，不见到，正不知在哪里担阁了。"那人道："大哥却是等谁？"那大汉道："等个奢遮的好男子。"那人问道："甚么奢遮的好男子？"那大汉答道："你敢也闻他的大名，便是济州郓城县宋押司宋江。"那人道："莫不是江湖上说的山东及时雨宋公明？"那大汉道："正是此人。"那人又问道："他却因甚打这里过？"那大汉道："我本不知。近日有个相识，从济州来，说道：'郓城县宋押司宋江，不知为甚么事发在济州府，断配江州牢城。'我料想他必从这里过来，别处又无路过去。他在郓城县时,我尚且要去和他厮会;今次正从这里经过,如何不结识他?因此在岭下连日等候。接了他四五日,并不见有一个囚徒过来。我今日同这两个兄弟,信步踱上岭,来你这里买碗酒吃,就望你一望。近日你店里买卖如何?"那人道:"不瞒大哥说,这几个月里好生没买卖。今日谢天地,捉得三个行货,又有些东西。"那大汉慌忙问道:"三个甚样人?"那人道:"两个公人和一个罪人。"那汉失惊道:"这囚徒莫不是黑矮肥胖的人?"那人应道:"真个不十分长大,面貌紫棠色。"那大汉连忙问道:"不曾动手么?"那人答道:"方才抱进作房去,等火家未回,不曾开剥。"那大汉道:"等我认他一认!"

当下四个人进山崖边人肉作房里,只见剥人凳上挺着宋江和两个公人,颠倒头放在地下。那大汉看见宋江,却又不认得;相他脸上金印,又不分晓。没可寻思处,猛想起道:"且取公人的包裹来,我看他公文便知。"那人道:"说得是。"便去房里取过公人的包裹打开,见了一锭大银,尚有若干散碎银两。解开文书袋来,看了差批,众人只叫得"惭愧"。那大汉便道:"天使令我今日上岭来,早是不曾动手,争些儿误了我哥哥性命。"大汉便叫那人:"快讨解药来,先救起我哥哥。"那人也慌了,连忙调了解药,便和那大汉去作房里,先开了枷,扶将起来,把这解药灌将下去。

四个人将宋江扛出前面客位里,那大汉扶住着,渐渐醒来,光着眼,看了众人立在面前,又不认得。只见那大汉教两个兄弟扶住了宋江,纳头便拜。宋江问道:"是谁?我不是梦中么?"只

第三回　催命人与救命人

见卖酒的那人也拜。宋江答礼道："两位大哥请起。这里正是哪里？不敢动问二位高姓？"那大汉道："小弟姓李名俊，祖贯庐州人氏。专在扬子江中撑船梢公为生，能识水性。人都呼小弟做混江龙李俊便是。这个卖酒的是此间揭阳岭人，只靠做私商道路，人尽呼他做催命判官李立。这两个兄弟是此间浔阳江边人，专贩私盐来这里货卖，却是投奔李俊家安身；大江中伏得水，驾得船，是弟兄两个：一个唤做出洞蛟童威，一个叫做翻江蜃童猛。"两个也拜了宋江四拜。宋江问道："却才麻翻了宋江，如何却知我姓名？"李俊道："小弟有个相识，近日做买卖从济州回来，说道哥哥大名，为事发在江州牢城来。李俊未得拜识尊颜，往常思念，只要去贵县拜识哥哥。只为缘分浅薄，不能勾去。今闻仁兄来江州，必从这里经过。小弟连连在岭下等接仁兄五七日了，不见来。今日无心，天幸使令李俊同两个弟兄上岭来，就买杯酒吃，遇见李立，说将起来。因此小弟大惊，慌忙去作房里看了，却又不认得哥哥。猛可思量起来，取讨公文看了，才知道是哥哥。不敢拜问仁兄，闻知在郓城县做押司，不知为何事配来江州？"宋江把这杀了阎婆惜，直至石勇村店寄书，回家事发，今次配来江州，备细说了一遍。四人称叹不已。

李立道："哥哥何不只在此间住了，休上江州牢城去受苦？"宋江答道："梁山泊苦死相留，我尚兀自不肯住，恐怕连累家中老父。此间如何住得！"李俊道："哥哥义士，必不肯胡行，你快救起那两个公人来。"李立连忙叫了火家，已都归来了，便把公人扛出前面客位里来，把解药灌将下去。救得两个公人起来，面面厮觑,你看我,我看你,都对宋江说道:"此间店里怎么好酒,我们又吃不多,便恁醉了!记着他家,我们回来还在这里买吃。"众人听了都笑。

当晚李立置酒管待众人,在家里过了一夜。次日,又安排了酒食管待了,送出包裹,还了宋江并两个公人。当时相别了。

宋江自和李俊、童威、童猛、两个公人下岭来,径到李俊家歇下。置备酒食,殷勤相待,结拜宋江为兄,留住家里。

过了数日,宋江要行,李俊留不住,取些银两赍发两个公人。

宋江再带上行枷,收拾了包裹行李,辞别李俊、童威、童猛,离了揭阳岭下,取路望江州来……

第四回
卖艺人与借宿人

揭阳镇。

人烟辏集,市井喧哗。

未牌时分。

市镇之上,只见一伙人围住一个使枪棒卖膏药的在那里看。

宋江和两个公人分开人丛,也挨入去看,见那人一身布衣。三人立住了脚,看他使了一回枪棒。那教头放下了手中枪棒,又使了一回拳。宋江喝彩道:"好枪棒拳脚!"

那人却拿起一个盘子来,口里开呵道:"小人远方来的人,投贵地特来就事。虽无惊人的本事,全靠恩官作成,远处夸称,近方卖弄。如要筋重膏,当下取赎;如不用膏药,可烦赐些银两铜钱,赍发咱家,休教空过了盘子。"那教头盘子掠了一遭,没一个出钱与他。那汉又道:"看官高抬贵手!"又掠了一遭,众人都白着眼看,又没一个出钱赏他。宋江见他惶恐,掠了两遭没人出钱，便叫公人取出五两银子来。宋江叫道："教头，我是个犯罪的人，没甚与你。这五两白银权表薄意，休嫌轻微。"那汉子得了这五两白银，托在手里，便收呵道："怎地一个有名的揭阳镇上，没一个晓事的好汉抬举咱家！难得这位恩官，本身见自为事在官，又是过往此间，颠倒赏发五两白银！正是：'当年却笑郑元和，只向青楼买笑歌。惯使不论家豪富，风流不在着衣多。'这五两银子强似别的五十两，自家拜揖，愿求恩官高姓大名，使小人天下传扬。"宋江答道："教师，量这些东西直得几多，不须致谢。"

正说之间，只见人丛里一条大汉分开人众，抢近前来，睁着眼大喝道："这厮哪里学得这些鸟枪棒，来俺这揭阳镇上逞强！"又搦着双拳向宋江喝道："兀那厮是甚么鸟汉！我已分付了众人，不许赏发他，你这厮哪里来的囚徒，如何卖弄有钱，把银子赏他！如何敢来出尖，敢来灭俺揭阳镇上威风！"宋江应道："我自赏他银两，却干你甚事？"那大汉揪住宋江喝道："你这贼配军，敢回我话！"宋江说道："做甚么不敢回你话？"那大汉提起双拳劈脸打来，宋江躲个过，那大汉又追入一步来。宋江却待要和他放对，只见那个使枪棒的教头从人背后赶将来，一只手揪住那大汉头巾，一只手提住腰胯，望那大汉肋骨上只一兜，便跟跄一跤，颠翻在地。那大汉却待挣扎起来，又被这教头只一脚踢翻了。两个公人劝住教头，那大汉从地上扒将起来，看了宋江和教头，说道："使得使不得，教你两个不要慌！"一直望南去了。

第四回 卖艺人与借宿人

宋江且请问："教头高姓？何处人氏？"教头答道："小人祖贯河南洛阳人氏，姓薛名永。祖父是老种经略相公帐前军官，为因恶了同僚，不得升用，子孙靠使枪棒卖药度日。江湖上但唤小人病大虫薛永。不敢拜问恩官高姓大名？"宋江道："小可姓宋名江，祖贯郓城县人氏。"薛永道："莫非山东及时雨宋公明么？"宋江道："小可便是。何足道哉！"薛永听罢，便拜道："闻名不如见面，见面胜似闻名。"宋江连忙扶住道："少叙三杯如何？"薛永道："好，正要拜识尊颜，小人无门得遇兄长。"慌忙收拾起枪棒和药囊，同宋江便往邻近酒肆内去吃酒。

只见酒家说道："酒肉自有，只是不敢卖与你们吃。"宋江问道："缘何不卖与我们吃？"酒家道："却才和你们厮打的大汉，已使人分付了：若是卖与你们吃时，把我这店子都打得粉碎。我这里却是不敢恶他。这人是此间揭阳镇上一霸，谁敢不听他说！"宋江道："既然恁地，我们去休。那厮必然要来寻闹。"薛永道："小人也去店里算了房钱还他，一两日间也来江州相会。兄长先行。"宋江又取一二十两银子与了薛永，相辞了自去。

薛永回到店里，想起今日事来，不禁长吁短叹。因世道不公，流落江湖，本想靠使枪棒卖药度日，却一路难得赏识者。在这偌大江南漂泊数日以来，除却今日得遇宋公明，惟有数日前在吉州时，得了那位老太公一块赏银。后问围观众人方知，那太公乃是当朝探花郎郭孝友的老父。这郭探花乃吉州遂川县人，其貌古怪，政和五年殿试，被天子赵佶钦点进士第三名。薛永见郭老太公衣着朴实，仅有一年老家人相随身侧，不禁感慨：若祖父有此般同僚，自身何至于此。薛永在虔州遇一后生，有十七八岁，看罢薛永使拳，不出钱赏他，却定睛看他道："我观你合当发迹在江州。"薛永请教姓名，那人唤做赖文俊，道号布衣子。薛永居无定处，复奔这江州。

且说宋江只得自和两个公人也离了酒店，又自去一处吃酒，那店家说道："小郎已自都分付了，我们如何敢卖与你们吃！你枉走，干自费力，不济事，他尽着人分付了。"宋江和两个公人都则声不得。

连连走了几家，都是一般话说。三个来到市梢尽头，见了几家打火小客店，正待要去投宿，却被他那里不肯相容。宋江问时，都道他已着小郎连连分付去了，"不许安着你们三个"。

当下宋江见不是话头，三个便拽开脚步，望大路上走。看见一轮红日低坠，天色昏晚。宋江和两个公人见天色晚了，心里越慌。三个商量道："没来由看使枪棒，恶了这厮。如今闪得前不巴村，后不着店，却是投哪里去宿是好？"

只见远远地小路上，望见隔林深处射出灯光来。宋江见了道："兀那里灯火明处，必有人家。遮莫怎地陪个小心，借宿一夜，明日早行。"公人看了道："这灯光处，又不在正路上。"宋江道："没奈何，虽然不在正路上，明日多行三二里，却打甚么不紧？"三个人当时落路来，行不到二里多路，林子背后闪出一座大庄院来。

当晚宋江和两个公人来到庄院前敲门。庄客听得，出来开门道："你是甚人，黄昏夜半来敲门打户？"宋江陪着小心答道："小

第四回 卖艺人与借宿人

人是个犯罪配送江州的人。今日错过了宿头,无处安歇,欲求贵庄借宿一宵,来早依例拜纳房金。"庄客道:"既是恁地,你且在这里少待,等我入去报知庄主太公,可容即歇。"庄客入去通报了,复翻身出来,说道:"太公相请。"

宋江和两个公人到里面草堂上,参见了庄主太公。太公分付教庄客领去门房里安歇,就与他们些晚饭吃。庄客听了,引去门首草房下,点起一碗灯,教三个歇定了;取三分饭食羹汤菜蔬,教他三个吃了。庄客收了碗碟,自入里面去。两个公人道:"押司,这里又无外人,一发除了行枷,快活睡一夜,明日早行。"宋江道:"说得是。"当时依允,去了行枷,和两个公人去房外净手,看见星光满天,又见打麦场边屋后是一条村僻小路,宋江看在眼里。三个净了手,入进房里,关上门去睡。宋江和两个公人说道:"也难得这个庄主太公,留俺们歇这一夜。"正说间,听得庄里有人点火把,来打麦场上一到处照看。宋江在门缝里张时,见是太公引着三个庄客,把火把到处照看。

宋江见此情景,忽地想起父亲来:当时宋江收禁郓城牢里,宋太公自来买上告下,使用钱帛。郓城县里叠成文案,结解上济州听断。济州府尹拟定得罪犯,将宋江脊杖二十,刺配江州牢城。当厅带上行枷,押了一道牒文,差两个防送公人,是张千、李万,监押宋江到州衙前。父亲宋太公同兄弟四郎宋清都在那里等候,置酒相请,管待两个公人,赍发了些银两与他放宽。教宋江换了衣服,打拴了包裹,穿上麻鞋。宋太公唤宋江到僻静处叮嘱道:"我知江州是个好地面,鱼米之乡,特地使钱买将那里去。你可宽心守奈，我自使四郎来望你，盘缠有便人常常寄来。孩儿，路上慢慢地去。天可怜见，早得回来，父子团圆，弟兄完聚！"宋江洒泪拜辞了父亲，嘱付兄弟道："我的官司此去不要你们忧心。只有父亲年纪高大，我又不能尽人子之道，累被官司缠扰，背井离乡而去。兄弟，你早晚只在家侍奉，休要为我来江州来，弃撇父亲，无人看顾。天若见怜，有一日归来也。"

想至此处，宋江不禁一阵心酸，遂对公人道："这太公和我父亲一般，件件都要自来照管，这早晚也未曾去睡，一地里亲自点看。"

正说之间，只听得外面有人叫："开庄门！"庄客连忙来开了门，放入五七个人来，为头的手里拿着朴刀，背后的都拿着稻叉棍棒。火把光下，宋江张看时，"那个提朴刀的，正是在揭阳镇上要打我们的那汉"。宋江又听得那太公问道："小郎，你哪里去来？和甚人厮打？日晚了，拖枪拽棒！"那大汉道："阿爹不知。哥哥在家里么？"太公道："你哥哥吃得醉了，去睡在后面亭子上。"那汉道："我自去叫他起来，我和他赶人。"太公道："你又和谁合口？叫起哥哥来时，他却不肯干休，又是杀人放火。你且对我说这缘故。"那汉道："阿爹你不知，今日镇上一个使枪棒卖药的汉子，叵耐那厮不先来见我弟兄两个，便去镇上撒呵卖药，教使枪棒，被我都分付了镇上的人，分文不要与他赏钱。不知哪里走出一个囚徒来，那厮好汉出尖，把五两银子赏他，灭俺揭阳镇上威风！我正要打那厮，堪恨那卖药的脑揪翻我，打了一顿，又踢了我一脚，至今腰里还疼。我已教人四下里分付了酒店

第四回　卖艺人与借宿人

客店，不许着这厮们吃酒安歇，先教那厮三个今夜没存身处。随后吃我叫了赌房里一伙人，赶将去客店里，拿得那卖药的来，尽气力打了一顿，如今把来吊在都头家里。明日送去江边，捆做一块抛在江里，出那口鸟气！却只赶这两个公人押的囚徒不着，前面又没客店，竟不知投哪里去宿了。我如今叫起哥哥来，分投赶去，捉拿这厮。"太公道："我儿，休恁地短命相！他自有银子赏那卖药的，却干你甚事！你去打他做甚么？可知道着他打了，也不曾伤重，快依我口便罢休。教哥哥得知你吃人打了，他肯干罢？又是去害人性命。你依我说，且去房里睡了，半夜三更莫去敲门打户，激恼村坊，你也积些阴德。"那汉不顾太公说，拿着朴刀，径入庄内去了。太公随后也赶入去。

宋江听罢，对公人说道："这般不巧的事，怎生是好？却又撞在他家投宿！我们只宜走了好，倘或这厮得知，必然吃他害了性命。便是太公不肯说破，庄客如何敢瞒，难以遮盖。"两个公人都道："说的是。事不宜迟，及早快走。"宋江道："我们休从大路出去，掇开屋后一堵壁子出去。"两个公人挑了包裹，宋江自提了行枷，便从房里挖开屋后一堵壁子，三个人便趁星月之下，望林木深处小路上只顾走。

正是慌不择路，走了一个更次，望见前面满目芦花，一派大江，滔滔浪滚，正是来到浔阳江边。只听得背后大叫："贼配军休走！"火把乱明，风吹胡哨赶将来。宋江只叫得苦道："上苍救一救则个！"三人躲在芦苇丛中，望后面时，那火把渐近。三人心里越慌，脚高步低，在芦苇里撞。前面一看，不到天尽头，早到地尽

033

处。定目一观,看见大江拦截,侧边又是条阔港。宋江仰天叹道:"早知如此的苦,悔莫先知,只在梁山泊也罢。谁想直断送在这里,丧了残生!"

第五回
馄饨与板面

浔阳江。

好个一派大江,真个滔滔滚浪。

后面的正吹风胡哨赶来,前面又被大江阻当,宋江正在危急之际,只见芦苇丛中,悄悄地忽然摇出一只船来。宋江见了,便叫:"梢公,且把船来救我们三个,俺与你十两银子。"那梢公在船上问道:"你三个是甚么人,却走在这里来?"宋江道:"背后有强人打劫,我们一昧地撞在这里。你快把船来渡我们,我与你些银两。"那梢公听得多与银两,把船便放拢来到岸边。三个连忙跳下船去,一个公人便把包裹丢下舱里,一个公人便将水火棍拽开了船。那梢公一头搭上橹,一面听着包裹落舱有些好响声,心里暗喜欢,把橹一摇,那只小船早荡在江心里去。岸上那伙赶来的人,早赶到滩头,有十数个火把。为头两个大汉,各挺着一条朴刀,随从有二十余人,各执枪棒,口里叫道:"你那梢公,快摇船拢来！"宋江和两个公人做一块儿伏在船舱里，说道："梢公，却是不要拢船！我们自多与你些银子相谢。"那梢公点头，只不应岸上的人，把船望上水咿咿哑哑摇将去。那岸上这伙人大喝道："你那梢公不摇拢船来，教你都死！"那梢公冷笑几声，也不应。岸上那伙人又叫道："你是哪个梢公，直恁大胆不摇拢来？"那梢公冷笑应道："老爷叫做张梢公，你不要咬我鸟！"岸上火把丛中那个长汉说道："原来是张大哥！你见我弟兄两个么？"那梢公应道："我又不瞎，做甚么不见你！"那长汉道："你既见我时，且摇拢来和你说话。"那梢公道："有话明朝来说，趁船的要去得紧。"那长汉道："我弟兄两个正要捉这趁船的三个人！"那梢公道："趁船的三个都是我家亲眷，衣食父母，请他归去吃碗板刀面了来。"那长汉道："你且摇拢来，和你商量。"那梢公又道："我的衣饭，倒摇拢来把与你，倒乐意！"那长汉道："张大哥，不是这般说。我弟兄只要捉这囚徒，你且拢来！"那梢公一头摇橹，一面说道："我自好几日接得这个主顾，却是不摇拢来，倒吃你接了去。你两个只得休怪，改日相见！"宋江在船舱里悄悄的和两个公人说："也难得这个梢公，救了我们三个性命，又与他分说。不要忘了他恩德！却不是幸得这只船来渡了我们！"

却说那梢公摇开船去，离得江岸远了。三个人在舱里望岸上时，火把也自去芦苇中明亮。宋江道："惭愧！正是好人相逢，恶人远离。且得脱了这场灾难！"只见那梢公摇着橹，口里唱起湖州歌来。

三个人听时，那梢公唱道：

第五回　馄饨与板面

老爷生长在江边，不怕官司不怕天。

昨夜华光来趁我，临行夺下一金砖。

宋江和两个公人听了这首歌，都酥软了。宋江又想道："他是唱耍。"三个正在舱里议论未了，只见那梢公放下橹，说道："你这个撮鸟，两个公人，平日最会诈害做私商的人，今夜却撞在老爷手里！你三个却是要吃板刀面？却是要吃馄饨？"宋江道："家长休要取笑，怎地唤做板刀面？怎地是馄饨？"那梢公睁着眼道："老爷和你耍甚鸟！若还要吃板刀面时，俺有一把泼风也似快刀在这艎板底下，我不消三刀五刀，我只一刀一个，都剁你三个人下水去。你若要吃馄饨时，你三个快脱了衣裳，都赤条条地跳下江里自死！"宋江听罢，扯定两个公人说道："却是苦也！正是福无双至，祸不单行！"那梢公喝道："你三个好好商量，快回我话！"宋江答道："梢公不知，我们也是没奈何犯下了罪，迭配江州的人。你如何可怜见，饶了我三个！"那梢公喝道："你说甚么闲话，饶你三个？我半个也不饶你！老爷唤做有名的狗脸张爹爹，来也不认得爷，去也不认得娘！你便都闭了鸟嘴，快下水里去！"宋江又求告道："我们都把包裹内金银财帛衣服等项，尽数与你。只饶了我三人性命！"那梢公便去艎板底下摸出那把明晃晃板刀来，大喝道："你三个要怎地？"宋江仰天叹道："为因我不敬天地，不孝父母，犯下罪责，连累了你两个！"那两个公人也扯住宋江道："押司，罢，罢！我们三个一处死休！"那梢公又喝道："你三个好好快脱了衣裳，便跳下江里去！跳便跳，不跳时，老爷便剁下水里去!"

宋江和那两个公人抱做一块,恰待要跳水,只见江面上咿咿哑哑橹声响,宋江探头看时,一只快船飞也似从上水头摇将下来。船上有三个人:一条大汉手里横着托叉,立在船头上;梢头两个后生,摇着两把快橹。星光之下,早到面前。那船头上横叉的大汉便喝道:"前面是甚么梢公,敢在当港行事?船里货物,见者有分!"这船梢公回头看了,慌忙应道:"原来却是李大哥,我只道是谁来!大哥又去做买卖?只是不曾带挈兄弟。"大汉道:"是张大哥。你在这里又弄得一手,船里甚么行货?有些油水么?"梢公答道:"教你得知好笑。我这几日没道路,又赌输了,没一文。正在沙滩上闷坐,岸上一伙人赶这三头行货来我船里,却是鸟两个公人,解一个黑矮囚徒,正不知是哪里人。他说道迭配江州来的,却又项上不带行枷。赶来的岸上那伙人,却是镇上穆家哥儿两个,定要讨他。我见有些油水吃,我不还他。"船上那大汉道:"咄!莫不是我哥哥宋公明?"宋江听得声音厮熟,便舱里叫道:"船上好汉是谁?救宋江则个!"那大汉失惊道:"真个是我哥哥!早不做出来!"宋江钻出船上来看时,星光明亮,船头上立的大汉正是混江龙李俊;背后船梢上两个摇橹的:一个是出洞蛟童威,一个是翻江蜃童猛。这李俊听得是宋公明,便跳过船来,口里叫苦道:"哥哥惊恐!苦是小弟来得迟了些个,误了仁兄性命!今日天使李俊在家坐立不安,棹船出来江里赶些私盐,不想又遇着哥哥在此受难!"那梢公呆了半晌,做声不得,方才问道:"李大哥,这黑汉便是山东及时雨宋公明么?"李俊道:"可

第五回　馄饨与板面

知是哩!"那梢公便拜道:"我那爷!你何不早通个大名,省得着我做出歹事来,争些儿伤了仁兄!"宋江问李俊道:"这个好汉是谁?高姓何名?"李俊道:"哥哥不知,这个好汉却是小弟结义的兄弟,原是小孤山下人氏,姓张名横,绰号船火儿,专在此浔阳江做这件稳善的道路。"宋江和两个公人都笑起来。当时两只船并着摇奔滩边来,缆了船,舱里扶宋江并两个公人上岸。李俊又与张横说道:"兄弟,我常和你说:天下义士,只除非山东及时雨郓城宋押司。今日你可仔细认看。"张横扑翻身,又在沙滩上拜道:"望哥哥恕兄弟罪过!"那梢公船火儿张横拜罢,问道:"义士哥哥为何事配来此间?"李俊便把宋江犯罪的事说了,今来迭配江州。张横听了说道:"好教哥哥得知,小弟一母所生的亲弟兄两个,长的便是小弟;我有个兄弟,却又了得,浑身雪练也似一身白肉,没得四五十里水面,水底下伏得七日七夜,水里行一似一根白条,更兼一身好武艺,因此人起他一个名,唤做浪里白跳张顺。当初我弟兄两个只在扬子江边做一件依本分的道路。"宋江道:"愿闻则个。"张横道:"我弟兄两个,但赌输了时,我便先驾一只船,渡在江边静处做私渡。有那一等客人,贪省贯百钱的,又要快,便来下我船。等船里都坐满了,却教兄弟张顺也扮做单身客人,背着一个大包,也来趁船。我把船摇到半江里,歇了橹,抛了钉,插一把板刀,却讨船钱。本合五百足钱一个人,我便定要他三贯。却先问兄弟讨起,教他假意不肯还我,我便把他来起手,一手揪住他头,一手提定腰胯,扑通地撺下江里。排头儿定要三贯。一个个都惊得呆了,把出来不迭。都敛得足了,却送他到僻净处上岸。我那兄弟自从水底下走过对岸,等没了人,却与兄弟分钱去赌。那时我两个只靠这件道路过日。"宋江道:"可知江边多有主顾来寻你私渡。"李俊等都笑起来。张横又道:"如今我弟兄两个都改了业。我便只在这浔阳江里做些私商,兄弟张顺他却如今自在江州做卖鱼牙子。如今哥哥去时,小弟寄一封书去,只是不识字,写不得。"李俊道:"我们都去村里,央个门馆先生来写。"留下童威、童猛看了船。三个人跟了李俊、张横,五个人投村里来。

走不过半里路,看见火把还在岸上明亮。张横说道:"他弟兄两个还未归去。"李俊道:"你说兀谁弟兄两个?"张横道:"便是镇上那穆家哥儿两个。"李俊道:"一发叫他两个来拜见哥哥。"宋江连忙说道:"使不得!他两个赶着要捉我。"李俊道:"仁兄放心,他弟兄不知是哥哥,他亦是我们一路人。"李俊用手一招,胡哨了一声,只见火把人伴都飞奔将来面前。看见李俊、张横都恭奉着宋江做一处说话,那弟兄二人大惊道:"二位大哥却如何与这三人厮熟?"李俊大笑道:"你道他兀谁?"那二人道:"便是不认得。只见他在镇上出银两赏那使枪棒的,灭俺镇上威风,正待要捉他。"李俊道:"他便是我日常和你们说的,山东及时雨郓城宋押司公明哥哥。你两个还不快拜!"那弟兄两个撇了朴刀,扑翻身便拜道:"闻名久矣!不期今日方得相会。却才甚是冒渎,犯伤了哥哥,望乞怜悯恕罪!"宋江扶起二位道:"壮士,愿求大名。"李俊便道:"这弟兄两个富户,是此间人,姓穆名弘,绰号没遮拦;兄弟穆春,唤做小遮拦。是揭阳镇上一霸。我这里有三霸,哥哥不知,一发说与哥哥知道。揭阳岭上岭下便是小弟和李立一霸;揭阳镇上是他弟兄两个一霸;浔阳江边做私商的却是张横、张顺两个一霸:以此谓之三霸。"宋江答道:"我们如何省得!既然都是自家弟兄情分,望乞放还了薛永。"穆弘笑道:"便是使枪棒的那厮?哥哥放心。"随即便教兄弟穆春:"去取来还哥哥。我们且请仁兄到敝庄伏礼请罪。"李俊说道:"最好,最好。便到你庄上去。"穆弘叫庄客着两个去看了船只,就请童威、童猛一同都到庄上去相会;一面又着人去庄上报知,置办酒食,杀羊宰猪,整理筵宴。一行众人等了童威、童猛,一同取路投庄上来。

却好五更天气,都到庄里,请出穆太公来相见了,就草堂上分宾主坐下。宋江看那穆弘时,但觉威风凛凛逼人寒。宋江便与穆太公对坐说话。未久,天色明朗,穆春已取到病大虫薛永进来,一处相会了。穆弘安排筵席,管待宋江等众位饮宴。

宋江见穆春、穆弘弟兄两个与穆太公共处一堂、同筵一席,笑语盈盈、其乐融融,忽添伤感。想起那时在家父子相对、安居乐业的场景。因自己私放了劫取生辰纲的晁盖、吴用等好汉,那晁盖特使刘唐赍书一封,并黄金一百两下山相谢。在郓城县,宋江只受一条金子,把那封书包了,插在招文袋内。不期被新纳入室的娘子阎婆惜看见,定要那一百两金子,不信宋江果然未受,并威胁要上公厅。宋江又急又怒,杀了那阎婆惜,不得不逃走于江湖之上。

那夜,四更时分。宋江弟兄两个,拴束包裹,打扮动身。临别，父亲宋太公道："三郎我儿，你自和四郎在路小心。若到了彼处，那里使个得托的人，寄封信来。"拜辞了父亲宋太公，三人洒泪不住。太公分付道："你两个前程万里，休得烦恼。"宋江、宋清却分付大小庄客："小心看家，早晚殷勤伏侍太公，休教饮食有缺。"

宋清便做伴当打扮，背了包裹，与宋江逃难。途中免不得饥餐渴饮，夜住晓行，登山涉水，过府冲州。

宋江不敢再寻思，只顾与众人痛饮。

当日，众人在席上，所说各自经过的许多事务。宋江见众好汉义气，猛地脑中想起江州义门来，问时，穆弘、李俊兴致大起，众人把酒畅谈。

那是唐朝时，陈氏先祖结茅于庐山太平宫，再移家九江府内，后被旌表为"义门"，并赐堂联"九重天上旌书贵，千古人间义字香"。

本朝开国，兵围江州，义门子弟协助守将宋德明据城，及城破，军民杀伤殆尽，义门子弟无一伤亡，人言皆义之所感也。

其后，太祖皇帝赵匡胤亲书"义门陈氏"四字匾额悬于门首，并赐御书三十余卷，书面上题"真良家"。

太平兴国九年，义门已历十世。太宗皇帝赵炅赐"真良家"，并赐联"聚族三千口天下第一，同居五百年世上无双"。又亲撰御赐诗文，诗曰："水阁山斋漾碧虚，亭亭华表耀门闾。祖宗泽衍簪缨第，子弟风承孝义庐。星聚壁奎堂焕彩，花联棣萼每添辉。颍川郡派传千古，芳震江州绍有虞。"时称："八百头牛耕日月，三千灯火读文章。"至道二年，太宗皇帝特赐御书三十三卷，并题

"天下第一家"。

后至真宗赵恒,赐"义居人"。

天圣四年,仁宗皇帝赵祯赠义门历祖为公爵。并赐门联:"三千门内同居第,五百年前共造家。"堂联:"庄分七十二州郡人间第一,义聚三千九百口天下无双。"嘉祐七年七月初三,仁宗下诏,"义门陈孝义传家,分析各地教化天下",令江州义门分家。诏云:"惟尔江州德安县义门陈,同居一十五世,不为不久,义居三千九百,不为不多。"又赐诗:"江州久著义门庄,庄上分庄世派长。蒂固根深谁与并,珠辉玉廊孰同行。谩夸诗礼追邹鲁,须信簪缨赛谢王。子孙各知遵义范,永于瞬德有重光。"其时,江州义门历时二百四十三年,传一十三世,分于七十二州郡,析于数百庄。

其后,苏东坡亲题"一字园"三个大字于义门。

数人义气相投,觥筹交错。至晚,都留在庄上宿歇。

张横自己叹息一番,却因方才所言义门与他兄弟两个之事,未为他人道也。他弟兄两个原在扬子江边做那件依本分的道路时,遇一少年,张横挥那把明晃晃板刀时,那人虽无力招架,却面不改色。惊异之下,张横求问姓名,却是义门人,名求道,欲返江州祭祖。张横慌忙放之前行。后,张顺从水底下走过对岸,弟兄两个说到此事,暗道险些折了义气。张顺默然良久,遂去江州做卖鱼牙子,便只留张横在这浔阳江里做私商。

是夜,船火儿张横寻思至此。怎知他这一念,造就一段奇事。那陈求道,求道得道,出江州未几,中了进士。天子赵佶称其:"道德文章,为文臣之高手;协赞大议,乃社稷之功臣。"后,这道君皇帝赵佶蒙难,求道不肯事金人,忧郁成疾,吐血不止。再后来,陈求道舍身取义,青史留名。

次日,宋江要行,穆弘哪里肯放,把众人都留庄上,陪侍宋江去镇上闲玩,观看揭阳市村景一遭。又住了三日,宋江怕违了限次,坚意要行。穆弘并众人苦留不住,当日做个送路筵席。

次日早起来,宋江作别穆太公并众位好汉,临行分付薛永:"且在穆弘处住几时,却来江州,再得相会。"穆弘道:"哥哥但请放心,我这里自看顾他。"取出一盘金银送与宋江,又赍发两个公人些银两。临动身,张横在穆弘庄上央人修了一封家书,央宋江付与张顺。当时宋江收放包裹内了。一行人都送到浔阳江边。穆弘叫只船来,取过先头行李下船,众人都在江边,安排行枷,取酒食上船饯行。当下众人洒泪而别。李俊、张横、穆弘、穆春、薛永、童威、童猛一行,都回穆家庄,分别各自回家。

这一日,穆春取些碎银子在身边,相陪薛永去揭阳镇街上观看市井喧哗,闲走乐情。那穆弘昨夜又吃得醉了,又去睡在后面亭子上未醒。太公闲坐间,有庄客入来通报,说道:"有客来访,自称彭修。"穆太公闻听大喜,急起身相迎。

那时,鄱阳县出一人,姓彭名汝砺。英帝治平二年,彭汝砺高中文状元,一朝天下知鄱阳。抚州王安石举荐之,并赠诗云:

鄱水滔天竟东注,气泽所钟贤可慕。

第五回　馄饨与板面

文章浩渺足波澜，行义迢迢有归处。

彭汝砺为文命词典雅，有古人之风范，曾游庐山，赠佛印禅师诗曰：

丈室灯寒夜未眠，竹间流水听涓涓。
试看石耳峰头月，何似云居天上圆。

神宗元丰初年，为江西转运判官。至哲宗绍兴年间，知江州。数月后，卒于任上。彭汝砺为官胸怀坦荡、正大不阿、敢于诤谏，曾向朝廷进陈"正本、任人、守令、理财、养民、赈救"诸事。他为人以德报怨。闻其逝于江州，时人惜曰："朝廷失一正人！"

这彭修即彭汝砺子也。

穆太公携彭修手，道："贤侄，倏忽二十载，想煞老朽。"彭修一时泪目，道："自父亲去世，小侄弟兄遵父命，分于各处，忙于国事，故未曾拜望叔父。"太公疑道："怎地突到江州？"彭修回道："叔父当记得，我父亲的二十载约定。"太公猛地想起，叹息道："乃父临终有言，要守护这江州二十年。今日期限已到哇。"太公说时，身体颤抖，老泪不止。彭修扶定穆太公，道："叔父万万保重。"太公道："迁家一事，非同小可，需择吉日。"彭修道："小侄只由叔父做主。"

太公命庄客去后面亭子上叫醒了穆弘前来。彭修见昔日少年已如此威风长壮，不免欣喜。太公道："我带你两个上庐山归宗寺，去参惠洪禅师。"

第六回
钱与钱

江州府。

蔡九知府蔡德章今日难得按时升厅。

却是因为近期已压榨得齐蔡京寿礼，心情大好，一夜无眠。

他夜间不知怎地，突地念起黄庭坚来，却是那首《到官归志浩然绝句》：

> 雨洗风吹桃李净，松声聒尽鸟惊春。
> 满船明月从此去，本是江湖寂寞人。

这知府不觉窃笑出声来，独个道："满船金珠从此去。本是浔阳江、鄱阳湖上来。"忽地又道："寂寞人，寂寞人蔡德章，真是雅号也。"

蔡九知府兴奋不已，急急升厅，就问左右这号如何。满厅人等,无不交口称赞。惟黄孔目默然不语。

正欢乐间,却见两个公人押一人投厅下。蔡九知府一者心思不在此间,二者看那人面黑身矮更不放在心上。轻瞄了一眼,便问道:"你为何枷上没了本州的封皮?"两个公人告道:"于路上春雨淋漓,却被水湿坏了。"蔡九正值心中高兴,懒理琐事,便道:"快写个帖来,便送下城外牢城营里去。本府自差公人押解下去。"这两个公人便是张千、李万,那人自是宋江。

当下两个公人就送宋江到牢城营内交割。当时江州府公人赍了文帖,监押宋江并同公人出州衙前,来酒店里买酒吃。宋江取三两来银子,与了江州府公人。当讨了收管,将宋江押送单身房里听候。那公人先去对管营、差拨处替宋江说了方便,交割讨了收管,自回江州府去了。这两个公人也交还了宋江包裹行李,千酬万谢,相辞了入城来。两个自说道:"我们虽是吃了惊恐,却赚得许多银两。"自到州衙府里伺候,讨了回文,两个取路往济州去了。

宋江又自央浼人情。赵差拨到单身房里,送了十两银子与他;王管营处又自加倍送银两并人事;营里管事的人并使唤的军健人等,都送些银两与他们买茶吃。因此无一个不欢喜宋江。

少刻,引到点视厅前,除了行枷参见。王管营已得了贿赂,在厅上说道:"这个新配到犯人宋江听着:先皇太祖武德皇帝圣旨事例,但凡新入流配的人,须先吃一百杀威棒。左右,与我捉去背起来。"宋江告道:"小人于路感冒风寒时症,至今未曾痊可。"管营道:"这汉端的似有病的。不见他面黄肌瘦,有些病症?且与他权行寄下这顿棒。此人既是县吏出身，着他本营抄事房做个抄事。"就时立了文案，便教发去抄事。宋江谢了，去单身房取了行李，到抄事房安顿了。众囚徒见宋江有面目，都买酒来与他庆贺。

次日，宋江置备酒食与众人回礼。不时间又请差拨、牌头递杯，管营处常常送礼物与他。宋江身边有的是金银财帛，自落的结识他们。住了半月之间，满营里没一个不欢喜他。

自古道：世情看冷暖，人面逐高低。宋江一日与赵差拨在抄事房吃酒，那差拨说与宋江道："贤兄，我前日和你说的那个节级常例人情，如何多日不使人送去与他？今已一旬之上了，他明日下来时，须不好看，连我们也无面目。"宋江道："这个不妨。那人要钱不与他，若是差拨哥哥但要时，只顾问宋江取不妨。那节级要时，一文也没！等他下来，宋江自有话说。"差拨道："押司，那人好生利害，更兼手脚了得。倘或有些言语高低，吃了他些羞辱，却道我不与你通知。"宋江道："兄长由他。但请放心，小可自有措置。敢是送些与他，也不见得；他有个不敢要我的，也不见得。"正恁的说未了，只见牌头来报道："节级下在这里了。正在厅上大发作，骂道：'新到配军如何不送常例钱来与我！'"差拨道："我说是么！那人自来，连我们都怪。"宋江笑道："差拨哥哥休罪，不及陪侍，改日再得作杯。小可且去和他说话，容日再会。"差拨也起身道："我们不要见他。"宋江别了差拨，离了抄事房，自来点视厅上见这节级。那赵差拨也自去了。

宋江到点视厅上看时，见那节级拨条凳子坐在厅前，高声喝道:"哪个是新配到囚徒?"牌头指着宋江道:"这个便是。"那节级便骂道:"你这矮黑杀才!倚仗谁的势要,不送常例钱来与我?"宋江道:"人情,人情,在人情愿。你如何逼取人财,好小哉相!"两边看的人听了,倒捏两把汗。那人大怒,喝骂:"贼配军,安敢如此无礼,颠倒说我小哉!那兜驮的,与我背起来,且打这厮一百讯棍!"两边营里众人,都是和宋江好的。见说要打他,一哄都走了,只剩得那节级和宋江。那人见众人都散了,肚里越怒,拿起讯棍,便奔来打宋江。宋江说道:"节级,你要打我,我得何罪?"那人大喝道:"你这贼配军是我手里行货,轻咳嗽便是罪过!"宋江道:"你便寻我过失,也不计利害,也不到的该死。"那人怒道:"你说不该死,我要结果你也不难,只似打杀一个苍蝇。"宋江冷笑道:"我因不送得常例钱便该死时,结识梁山泊吴学究的却该怎地?"那人听了这声,慌忙丢了手中讯棍,便问道:"你说甚么?"宋江又答道:"自说那结识军师吴学究的,你问我怎地?"那人慌了手脚,拖住宋江问道:"足下高姓?你正是谁?哪里得这话来?"宋江笑道:"小可便是山东郓城县宋江。"那人听了大惊,连忙作揖,说道:"原来兄长正是及时雨宋公明。"宋江道:"何足挂齿。"那人便道:"兄长,此间不是说话处,未敢下拜。同往城里叙怀,请兄长便行。"宋江道:"好。节级少待,容宋江锁了房门便来。"

宋江慌忙到房里,取了吴用的书,自带了银两出来。锁上房门,分付牌头看管,便和那人离了牢城营内,奔入江州城里来,去一个临街酒肆中楼上坐下。那人问道:"兄长何处见吴学究来?"

宋江怀中取出书来，递与那人。那人拆开封皮，从头读了，藏在袖内，起身望着宋江便拜。宋江慌忙答礼道："适间言语冲撞，休怪，休怪！"那人道："小弟只听得说有个姓宋的发下牢城营里来。往常时，但是发来的配军，常例送银五两。今番已经十数日不见送来，今日是个闲暇日头，因此下来取讨，不想却是仁兄。恰才在营内，甚是言语冒渎了哥哥，万望恕罪。"宋江道："差拨亦曾常对小可说起大名。宋江有心要拜识尊颜，又不知足下住处，亦无因入城，特地只等尊兄下来，要与足下相会一面，以此耽误日久。不是为这五两银子不舍得送来，只想尊兄必是自来，故意延挨。今日幸得相见，以慰平生之愿。"

那人是谁？

原来是那日一早，梁山众好汉将宋江和两个防送公人都送下山来。吴学究道："兄长听禀：吴用有个至爱相识，见在江州充做两院押牢节级，姓戴名宗，本处人称为戴院长。为他有道术，一日能行八百里，人都唤他做神行太保。此人十分仗义疏财。夜来小生修下一封书在此，与兄长去，到彼时可和本人做个相识。但有甚事，可教众兄弟知道。"

那人便是吴学究所荐的江州两院押牢节级戴院长戴宗。宋时，金陵一路节级都称呼"家长"，湖南一路节级都称呼做"院长"。原来这戴院长有一等惊人的道术：但出路时，赍书飞报紧急军情事，把两个甲马拴在两只腿上，作起神行法来，一日能行五百里；把四个甲马拴在腿上，便一日能行八百里。因此人都称做神行太保戴宗。

第六回　钱与钱

宋江虽是断配之身，但此时已然安生。端坐那里，定睛细看，见戴宗生得：面阔唇方神眼突，瘦长清秀身材。当下戴院长与宋公明说罢了来情去意，戴宗、宋江俱各大喜。两个坐在阁子里，叫那卖酒的过来，安排酒果肴馔菜蔬来，就酒楼上两个饮酒。宋江诉说一路上遇见许多好汉，众人相会的事务。戴宗也倾心吐胆，把和这吴学究相交来往的事告诉了一遍。

两个正说到心腹相爱之处，才饮得两杯酒过，只听楼下喧闹起来。过卖连忙走入阁子来对戴宗说道："这个人只除非是院长说得他下，没奈何烦院长去解拆则个。"戴宗问道："在楼下作闹的是谁？"过卖道："便是如常同院长走的那个唤做铁牛李大哥，在底下寻主人家借钱。"戴宗笑道："又是这厮在下面无礼，我只道是甚么人。兄长少坐，我去叫了这厮上来。"戴宗便起身下去，不多时引了那个人上楼来。

宋江看见了吃一惊。那人是黑熊般一身粗肉，铁牛似遍体顽皮。交加一字赤黄眉，双眼赤丝乱系。怒发浑如铁刷，狰狞好似狻猊。宋江便问戴宗道："院长，这大哥是谁？"戴宗道："这个是小弟身边牢里一个小牢子，姓李名逵，祖贯是沂州沂水县百丈村人氏。本身一个异名，唤做黑旋风李逵。他乡中都叫他做李铁牛。因为打死了人，逃走出来，虽遇赦宥，流落在此江州，不曾还乡。为因酒性不好，多人惧他。能使两把板斧，及会拳棍。见今在此牢里勾当。"李逵看着宋江，问戴宗道："哥哥，这黑汉子是谁？"戴宗对宋江笑道："押司，你看这厮怎么粗卤，全不识些体面！"李逵便道："我问大哥，怎地是粗卤？"戴宗道："兄弟，你

051

便请问'这位官人是谁'便好,你倒却说'这黑汉子是谁',这不是粗卤,却是甚么?我且与你说知,这位仁兄便是闲常你要去投奔他的义士哥哥。"李逵道:"莫不是山东及时雨黑宋江?"戴宗喝道:"咄!你这厮敢如此犯上,直言叫唤,全不识些高低!兀自不快下拜,等几时!"李逵道:"若真个是宋公明,我便下拜;若是闲人,我却拜甚鸟。节级哥哥不要瞒我拜了,你却笑我。"宋江便道:"我正是山东黑宋江。"李逵拍手叫道:"我那爷!你何不早说些个,也教铁牛欢喜!"扑翻身躯便拜。宋江连忙答礼,说道:"壮士大哥请坐。"戴宗道:"兄弟,你便来我身边坐了吃酒。"李逵道:"不奈烦小盏吃,换个大碗来筛。"宋江便问道:"恰才大哥为何在楼下发怒?"李逵道:"我有一锭大银,解了十两小银使用了。却问这主人家那借十两银子,去赎那大银出来,便还他,自要些使用。叵耐这鸟主人不肯借与我,却待要和那厮放对,打得他家粉碎,却被大哥叫了我上来。"宋江道:"只用十两银子去取,再要利钱么?"李逵道:"利钱已有在这里了,只要十两本钱去讨。"宋江听罢,便去身边取出一个十两银子把与李逵,说道:"大哥,你将去赎来用度。"戴宗要阻当时,宋江已把出来了。李逵接得银子,便道:"却是好也!两位哥哥只在这里等我一等。赎了银子,便来送还,就和宋哥哥去城外吃碗酒。"宋江道:"且坐一坐,吃几碗了去。"李逵道:"我去了便来。"推开帘子,下楼去了。戴宗道:"兄长休借这银与他便好。恰才小弟正欲要阻,兄长已把在他手里了。"宋江道:"却是为何,尊兄说这话?"戴宗道:"这厮虽是耿直,只是贪酒好赌。他却几时有一锭

第六回　钱与钱

大银解了!兄长吃他赚漏了这个银去。他慌忙出门,必是去赌。若还赢得时,便有的送来还哥哥;若是输了时,哪里讨这十两银来拜还兄长。戴宗面上须不好看。"宋江笑道:"院长尊兄,何必见外。量这些银两,何足挂齿,由他去赌输了罢。若要用时,再送些与他使。我看这人倒是个忠直汉子。"戴宗道:"这厮本事自有,只是心粗胆大不好。在江州牢里,但吃醉了时,却不奈何罪人,只要打一般强的牢子。我也被他连累得苦。专一路见不平,好打强的人,以此江州满城人都怕他。"宋江道:"俺们再饮两杯,却去城外闲玩一遭。"戴宗道:"小弟也正忘了,和兄长去看江景则个。"宋江道:"小可也要看江州的景致,如此最好。"

那李逵得了这个银子,寻思道:"难得宋江哥哥,又不曾和我深交,便借我十两银子,果然仗义疏财,名不虚传。如今来到这里,却恨我这几日赌输了,没一文做好汉请他。如今得他这十两银子,且将去赌一赌,倘或赢得几贯钱来,请他一请也好看。"当时李逵慌忙跑出城外小张乙赌房里来,便去场上,将这十两银子撇在地下,叫道:"把头钱过来我博。"那小张乙得知李逵从来赌直,便道:"大哥,且歇这一博,下来便是你博。"李逵道:"我要先赌这一博。"小张乙道:"你便傍猜也好。"李逵道:"我不傍猜,只要博这一博。五两银子做一注。"有那一般赌的,却待要博,被李逵劈手夺过头钱来,便叫道:"我博兀谁?"小张乙道:"便博我五两银子。"李逵叫一声,肐膝地博一个叉,小张乙便拿了银子过来。李逵叫道:"我的银子是十两!"小张乙道:"你再博我五两'快',便还了你这锭银子。"李逵又拿起头钱,叫声:

"快！"肐膝的又博个叉。小张乙笑道："我教你休抢头钱，且歇一博，不听我口。如今一连博了两个叉。"李逵道："我这银子是别人的。"小张乙道："遮莫是谁的，也不济事了。你既输了，却说甚？"李逵道："没奈何且借我一借，明日便送来还你。"小张乙道："说甚么闲话！自古赌钱场上无父子，你明明地输了，如何倒来革争！"李逵把布衫拽起在前面，口里喝道："你们还我也不还？"小张乙道："李大哥，你闲常最赌的直，今日如何怎么没出豁？"李逵也不答应他，便就地下掳了银子，又抢了别人赌的十来两银子，都搂在布衫兜里，睁起双眼说道："老爷闲常赌直，今日权且不直一遍。"小张乙急待向前夺时，被李逵一指一跤。十二三个赌博的，一发齐上，要夺那银子，被李逵指东打西，指南打北。李逵把这伙人打得没地躲处，便出到门前。把门的问道："大郎哪里去？"被李逵提在一边，一脚踢开了门便走。那伙人随后赶将出来，都只在门前叫道："李大哥，你怎地没道理，都抢了我们众人的银子去！"只在门前叫喊，没一个敢近前来讨。

李逵正走之时，只见背后一人赶上来，扳住肩臂喝道："你这厮如何却抢掳别人财物？"李逵口里应道："干你鸟事！"回过脸来看时，却是戴宗，背后立着宋江。李逵见了，惶恐满面，便道："哥哥休怪！铁牛闲常只是赌直，今日不想输了哥哥的银子，又没得些钱来相请哥哥，喉急了，时下做出这些不直来。"宋江听了大笑道："贤弟但要银子使用，只顾来问我讨。今日既是明明地输与他了，快把来还他。"李逵只得从布衫兜里取出来，都递在宋江手里。宋江便叫过小张乙前来，都付与他。小张乙接过来说道:"二位官人在上:小人只拿了自己的。这十两原银虽是李大哥两博输与小人,如今小人情愿不要他的,省的记了冤仇。"宋江道:"你只顾将去,不要记怀。"小张乙哪里肯。宋江便道:"他不曾打伤了你们么?"小张乙道:"讨头的,拾钱的,和那把门的,都被他打倒在里面。"宋江道:"既是恁的,就与他众人做将息钱。兄弟自不敢来了,我自着他去。"小张乙收了银子,拜谢了回去。宋江道:"我们和李大哥吃三杯去。"

第七回
黑与白

人皆知江州多胜景。

琵琶亭、浔阳楼、庾亮楼、灌婴井沿浔阳江岸一字排开,甚是壮观。

灌婴井源于名将灌婴。

西汉高祖刘邦开国第六年,灌婴领兵屯扎九江时开凿此井,故称灌婴井。

东汉建安年间,孙权常驻九江城,令人掘井取水。适得此井,并有石函井铭,文曰:"汉高祖六年颍阴侯开此井,三百年当塞。塞后不满百年,当为应运者所开。"下云:"三百年当塞,塞后不满百年当为应运者所开。"孙权大喜,以为瑞兆,遂名瑞井。

唐朝上元元年,李白泛舟鄱阳湖时有诗赞道:

浪动灌婴井,浔阳江上风。

第七回 黑与白

> 开帆入天镜，直向彭湖东。

太白先生认为此井近长江，地下有泉眼相通，因而江上有风浪，波及瑞井，故井中有涛。

庾亮楼源于大将庾亮。

这庾亮与在庐山筑建西林寺的江州刺史陶范之父陶侃曾携手平乱。东晋咸和九年，庾亮兼任江州刺史。期间，"莅政以宽，使民以义，田野辟，讼谍简，军民胥安，远近悦服"。滨大江建有庾楼，楼下有三啸堂，楼南有一古槐。

唐朝元和十年，白居易到江州任司马。有《初到江州》诗句云：

> 浔阳欲到思无穷，庾亮楼南湓口东。

白居易第二年赋《庾楼晓望》诗句，叹道：

> 三百年来庾楼上，曾经多少望乡人。

这两处景致，东坡居士的弟弟苏辙，曾并赞之，有诗《江州咏》。

其一赞井：

> 江波浮阵云，岸壁立青铁。

胡为井中泉，涌浪时惊发。
水性本无定，得止自澄澈。
谁为女娲手，补此天地裂。

其二咏楼：

元规情不薄，上客有殷生。
夜半酒将罢，公来坐不惊。
舞翻江月迥，谈落麈毛轻。
尘世风流尽，高楼空此名。

宋江观罢庾亮楼，赏罢灌婴井，心中暗道："庾亮出身名门也罢。那灌婴贩布之辈，成如此功名。想我宋江，刀笔精通，仗义疏财，反倒断杖刺配，流落江州。"

在庾楼与瑞井之间，散落着几间酒肆。

三人行至此处。宋江心中寻思不已，不免缓步。口中吟出郭祥正的诗来，乃是："溢浦夜涛声动地，香炉晴影碧连天。楼中不负庾公赏，席上谁为陶令贤。"李逵怎知庾、陶二公，只闻得酒香，忍不住驻足向酒肆里观望。

戴宗见状，便道："兄长喜爱，便在此间。"

三人择一入眼酒肆进去。

李逵大声道："酒把大碗来筛，不奈烦小盏价吃。"戴宗喝道："兄弟好村！你不要做声，只顾吃酒便了。"宋江分付酒保道：

第七回 黑与白

"我两个面前放两只盏子,这位大哥面前放个大碗。"酒保应了下去,取只碗来,放在李逵面前,一面筛酒,一面铺下肴馔。李逵笑道:"真个好个宋哥哥,人说不差了!便知我兄弟的性格!结拜得这位哥哥,也不枉了!"酒保斟酒,连筛了五七遍。宋江因见了这两人,心中欢喜,接连着吃了几杯。转首向外望时,见浔阳江边有那渔翁垂钓,一时诗兴大发,吟诵起李白的《钓滩》来,诗曰:

磨尽石岭墨,浔阳钓赤鱼。

霭峰尖似笔,堪画不堪书。

李逵哪里懂得,口中嘟囔道:"哥哥真是怪,还要钓吃鱼?这店里不就有。"宋江见他说得好笑,忽然心里想要鱼辣汤吃。便问戴宗道:"这里有好鲜鱼么?"戴宗笑道:"兄长,你不见满江都是渔船。此间正是鱼米之乡,如何没有鲜鱼!"宋江道:"得些辣鱼汤醒酒最好。"戴宗便唤酒保,教造三分加辣点红白鱼汤来。顷刻造了汤来,宋江看见道:"美食不如美器。虽是个酒肆之中,端的好整齐器皿。"拿起箸来,相劝戴宗、李逵吃,自也吃了些鱼,呷了几口汤汁。李逵也不使箸,便把手去碗里捞起鱼来,和骨头都嚼吃了。宋江看见忍笑不住,再呷了两口汁,便放下箸不吃。戴宗道:"兄长,已定这鱼腌了,不中仁兄吃。"宋江道:"便是不才酒后,只爱口鲜鱼汤吃。这个鱼真是不甚好。"戴宗应道:"便是小弟也吃不得,是腌的,不中吃。"李逵嚼了自碗里鱼,便道:"两位哥哥都不吃,我替你们吃了。"便伸手去宋江碗里捞将过来吃了,又去戴宗碗里也捞过来吃了,滴滴点点,淋一桌子汁水。宋江见李逵把三碗鱼汤和骨头都嚼吃了,便叫酒保来分付道:"我这大哥,想是肚饥。你可去大块肉切二斤来与他吃,少刻一发算钱还你。"酒保道:"小人这里只卖羊肉,却没牛肉。要肥羊尽有。"李逵听了,便把鱼汁劈脸泼将去,淋那酒保一身。戴宗喝道:"你又做甚么?"李逵应道:"叵耐这厮无礼,欺负我只吃牛肉,不卖羊肉与我吃!"酒保道:"小人问一声,也不多话!"宋江道:"你去只顾切来,我自还钱。"酒保忍气吞声,去切了二斤羊肉,做一盘将来,放在桌子上。李逵见了,也不谦让,大把价扯来,只顾吃,拈指间把这二斤羊肉都吃了。宋江看了道:"壮哉,真好汉也!"李逵道:"这宋大哥便知我的鸟意,吃肉不强似吃鱼!"宋江脱口道:"王荆公有言'自从九江罢纳锡,众渔贱弃秋不登。'"戴宗叫酒保来问道:"却才鱼汤,家生甚是整齐,鱼却腌了不中吃。别有甚好鲜鱼时,另造些辣汤来与我这位官人醒酒。"酒保答道:"不敢瞒院长说,这鱼端的是昨夜的。今日的活鱼,还在船内,等鱼牙主人不来,未曾敢卖动,因此未有好鲜鱼。"李逵跳起来道:"我自去讨两尾活鱼来与哥哥吃。"戴宗道:"你休去,只央酒保去回几尾来便了。"李逵道:"船上打鱼的,不敢不与我,直得甚么!"戴宗拦当不住,李逵一直去了。戴宗对宋江说道:"兄长,休怪小弟引这等人来相会,全没些个体面,羞辱杀人!"宋江道:"他生性是恁的,如何教他改得!我到敬他真实不假。"两个自在酒肆内笑语说话取乐。

第七回　黑与白

　　那李逵走到江边看时，见那渔船一字排着，约有八九十只，都缆系在绿杨树下。船上渔人，有斜枕着船梢睡的，有在船头上结网的，也有在水里洗浴的。此时正是五月半天气，一轮红日将及沉西，不见主人来开舱卖鱼。李逵走到船边，喝一声道："你们船上活鱼，把两尾来与我。"那渔人应道："我们等不见渔牙主人来，不敢开舱。你看那行贩都在岸上坐地。"李逵道："等甚么鸟主人！先把两尾鱼来与我。"那渔人又答道："纸也未曾烧，如何敢开舱？哪里先拿鱼与你！"李逵见他众人不肯拿鱼，便跳上一只船去，渔人哪里拦当得住。李逵不省得船上的事，只顾便把竹笆篾一拔，渔人在岸上只叫得："罢了！"李逵伸手去艎板底下一绞摸时，哪里有一个鱼在里面。原来那大江里渔船，船尾开半截大孔，放江水出入，养着活鱼，却把竹笆篾拦住，以此船舱里活水往来，养放活鱼，因此江州有好鲜鱼。这李逵不省得，倒先把竹笆篾提起了，将那一舱活鱼都走了。李逵又跳过那边船上，去拔那竹篾。那七八十渔人都奔上船，把竹篙来打李逵。李逵大怒，焦躁起来，便脱下布衫，里面单单系着一条棋子布捎儿，见那乱竹篙打来，两只手一驾，早抢了五六条在手里，一似扭葱般都扭断了。渔人看见，尽吃一惊，却都去解了缆，把船撑开去了。李逵忿怒，赤条条地拿两截折竹篙，上岸来赶打，行贩都乱纷纷地挑了担走。

　　正热闹里，只见一个人从小路里走出来。众人看见，叫道："主人来了！这黑大汉在此抢鱼，都赶散了渔船！"那人道："甚么黑大汉，敢如此无礼？"众人把手指道："那厮兀自在岸边寻人厮打！"那人抢将过去，喝道："你这厮吃了豹子心、大虫胆，也不敢来搅乱老爷的道路！"李逵看那人时，只见他上穿一领白布衫，腰系一条绢搭膊；下面穿青白裹脚多耳麻鞋；手里提条行秤。那人正来卖鱼，见了李逵在那里横七竖八打人，便把秤递与行贩接了，赶上前来，大喝道："你这厮要打谁！"李逵也不回话，轮过竹篙，却望那人便打。那人抢入去，早夺了竹篙，李逵便一把揪住那人头发。那人便奔他下三面，要跌李逵，怎敌得李逵水牛般气力，直推将开去，不能勾拢身。那人便望肋下躜得几拳，李逵哪里着在意里。那人又飞起脚来踢，被李逵直把头按将下去，提起铁锤大小拳头，去那人脊梁上擂鼓也似打。那人怎生挣扎！李逵正打哩，一个人在背后劈腰抱住，一个人便来帮住手，喝道："使不得！使不得！"李逵回头看时，却是宋江、戴宗。李逵便放了手。那人略得脱身，一道烟走了。戴宗埋冤李逵道："我教你休来讨鱼，又在这里和人厮打。倘或一拳打死了人，你不去偿命坐牢！"李逵应道："你怕我连累你，我自打死了一个，我自去承当！"宋江便道："兄弟休要论口，坏了义气。拿了布衫，且去吃酒。"李逵向那柳树根头拾起布衫，搭在胳膊上，跟了宋江、戴宗便走。行不得十数步，只听的背后有人叫骂道："黑杀才！今番来和你见个输赢！"李逵回转头来看时，便是那人，脱得赤条条地，匾扎起一条水裈儿，露出一身雪练也似白肉，在江边独自一个，把竹篙撑着一只渔船赶将来，口里大骂道："千刀万剐的黑杀才！老爷怕你的不算好汉，走的不是好男子！"李逵听了大怒，吼了一声，撇了布衫，抢转身来。那人便把船略拢来凑在岸边,一手把竹篙点定了船,口里大骂着。李逵也骂道:"好汉便上岸来。"那人把竹篙去李逵腿上便搠。撩拨得李逵火起,托地跳在船上。说时迟,那时快。那人只要诱得李逵上船,便把竹篙望岸边一点,双脚一蹬,那只渔船一似狂风飘败叶,箭也似投江心里去了。李逵虽然也识得水,却不甚高,当时慌了手脚。那人也不叫骂,撇了竹篙,叫声:"你来!今番和你定要见个输赢!"便把李逵胳膊拿住,口里说道:"且不和你厮打,先教你吃些水。"两只脚把船只一晃,船底朝天,英雄落水。两个好汉扑通地都翻筋斗撞下江里去。宋江、戴宗急赶至岸边,那只船已翻在江里,两个只在岸上叫苦。江岸边早拥上三五百人在柳阴树下看,都道:"这黑大汉今番却着道儿。便挣扎得性命,也吃了一肚皮水。"宋江、戴宗在岸边看时,只见江面开处,那人把李逵提将起来,又淹将下去。两个正在江心里面,清波碧浪中间,一个显浑身黑肉,一个露遍体霜肤。两个打做一团,绞做一块。江岸上那三五百人贪看,没一个不喝彩。

当时宋江、戴宗看见李逵被那人在水里揪住,浸得眼白,又提起来,又纳下去,何止淹了数十遭。宋江见李逵吃亏,便叫戴宗央人去救。戴宗问众人道:"这白大汉是谁?"有认得的说道:"这个好汉便是本处卖鱼主人,唤做张顺。"宋江听得猛省道:"莫不是绰号浪里白跳的张顺?"众人道:"正是,正是!"宋江对戴宗说道:"我有他哥哥张横的家书在营里。"戴宗听了,便向岸边高声叫道:"张二哥不要动手,有你令兄张横家书在此。这黑大汉是俺们兄弟,你且饶了他,上岸来说话。"张顺在江心里见是戴宗叫他，却也如常认得，便放了李逵几分，早到岸边，扒上岸来，看着戴宗，唱个喏道："院长，休怪小人无礼！"戴宗道："足下可看我面，且去救了我这兄弟上来，却教你相会一个人。"张顺再跳下水里，赴将开去。李逵正在江里探头探脑价挣扎泊水。张顺早没到分际，带住了李逵一只手，自把两条腿踏着水浪，如行平地，那水浸不过他肚皮，淹着脐下，摆了一只手，直托李逵上岸来。江边看的人个个喝彩。

宋江看得呆了半晌。张顺、李逵都到岸下，各自扒将起来。戴宗见李逵喘做一团，口里只吐白水。戴宗道："且都请你们同去吃酒说话。"张顺讨了布衫穿着，李逵也穿了布衫。四个人再到酒肆来坐下。戴宗便对张顺道："二哥，你认得我么？"张顺道："小人自识得院长。只是无缘，不曾拜会。"戴宗指着李逵问张顺道："足下日常曾认得他么？今日倒冲撞了你。"张顺道："小人如何不认的李大哥，只是不曾交手。"李逵道："你也淹得我够了。"张顺道："你也打得好了。"李逵道："怎么，便和你两折过了。"戴宗道："你两个今番却做个至交的弟兄。常言道：不打不成相识。"李逵道："你路上休撞着我。"张顺道："我只在水里等你便了。"四人都笑起来，大家唱个无礼喏。戴宗指着宋江对张顺道："二哥，你曾认得这位兄长么？"张顺看了道："小人却不认得，这里亦不曾见。"李逵跳起身来道："这哥哥便是黑宋江。"张顺道："莫非是山东及时雨郓城宋押司？"戴宗道："正是公明哥哥。"张顺纳头便拜道："久闻大名，不想今日得会。多听的江湖上来往的人说兄长清德，扶危济困，仗义疏财。"宋江

第七回 黑与白

答道:"量小可何足道哉!前日来时,揭阳岭下混江龙李俊家里,住了几日。后在浔阳江上,因穆弘相会,得遇令兄张横,修了一封家书寄来与足下,放在营内,不曾带得来。今日便和戴院长并李大哥来这里吃三杯,就观江景。宋江偶然酒后思量些鲜鱼汤醒酒,怎当的他定要来讨鱼,我两个阻他不住。只听得江岸上发喊热闹。叫酒保看时,说道:'是黑大汉和人厮打。'我两个急急走来解劝,不想却与壮士相会。今日得遇三位,岂非天幸。且请同坐,菜酌三杯。"再唤酒保重整杯盘,再备肴馔。张顺道:"既然哥哥要好鲜鱼吃,兄弟去取几尾来。"宋江道:"最好。依例纳钱。"张顺道:"既然得遇仁兄,事非偶然。兄长何故见外,如此说钱!"李逵道:"我和你去讨。"戴宗喝道:"又来了!你还吃的水不快活!"张顺笑将起来,绾了李逵手说道:"我今番和你去讨鱼,看别人怎地。"两人到得江边。张顺略哨一声,只见江面上渔船都撑拢来到岸边。张顺问道:"哪个船里有金色鲤鱼?"只见这个应道:"我船上来。"那个应道:"我船里有。"一霎时却凑拢十数尾金色鲤鱼来。张顺选了几尾大的,把柳条穿了,先教李逵将来酒肆中整理。张顺自点了行贩,分付小牙子去把秤卖鱼。张顺却自来陪侍宋江。宋江谢道:"何须许多,但赐一尾,也十分勾了。"张顺答道:"些小微物,何足挂齿。兄长食不了时,将回行馆做下饭。"

张顺、李逵两个序齿,李逵年长,坐了第三位,张顺坐第四位。四人直喝到天色已晚,大醉方罢。

第八回

琵琶亭与琵琶女

浔阳江头夜送客,枫叶荻花秋瑟瑟。
主人下马客在船,举酒欲饮无管弦。
醉不成欢惨将别,别时茫茫江浸月。
忽闻水上琵琶声,主人忘归客不发。
寻声暗问弹者谁,琵琶声停欲语迟。
移船相近邀相见,添酒回灯重开宴。
千呼万唤始出来,犹抱琵琶半遮面。
转轴拨弦三两声,未成曲调先有情。
弦弦掩抑声声思,似诉平生不得志。
低眉信手续续弹,说尽心中无限事。
轻拢慢捻抹复挑,初为《霓裳》后《六幺》。
大弦嘈嘈如急雨,小弦切切如私语。
嘈嘈切切错杂弹,大珠小珠落玉盘。

间关莺语花底滑,幽咽泉流冰下难。
冰泉冷涩弦凝绝,凝绝不通声暂歇。
别有幽愁暗恨生,此时无声胜有声。
银瓶乍破水浆迸,铁骑突出刀枪鸣。
曲终收拨当心画,四弦一声如裂帛。
东船西舫悄无言,唯见江心秋月白。
沉吟放拨插弦中,整顿衣裳起敛容。
自言本是京城女,家在虾蟆陵下住。
十三学得琵琶成,名属教坊第一部。
曲罢曾教善才服,妆成每被秋娘妒。
五陵年少争缠头,一曲红绡不知数。
钿头银篦击节碎,血色罗裙翻酒污。
今年欢笑复明年,秋月春风等闲度。
弟走从军阿姨死,暮去朝来颜色故。
门前冷落鞍马稀,老大嫁作商人妇。
商人重利轻别离,前月浮梁买茶去。
去来江口守空船,绕船月明江水寒。
夜深忽梦少年事,梦啼妆泪红阑干。
我闻琵琶已叹息,又闻此语重唧唧。
同是天涯沦落人,相逢何必曾相识。
我从去年辞帝京,谪居卧病浔阳城。
浔阳地僻无音乐,终岁不闻丝竹声。
住近湓江地低湿,黄芦苦竹绕宅生。

其间旦暮闻何物？杜鹃啼血猿哀鸣。
春江花朝秋月夜，往往取酒还独倾。
岂无山歌与村笛？呕哑嘲哳难为听。
今夜闻君琵琶语，如听仙乐耳暂明。
莫辞更坐弹一曲，为君翻作《琵琶行》。
感我此言良久立，却坐促弦弦转急。
凄凄不似向前声，满座重闻皆掩泣。
座中泣下谁最多？江州司马青衫湿。

唐朝元和十一年某日夜晚，时任江州司马的乐天居士白居易到溢浦口送客，听到邻舟有一女子在弹奏琵琶，细审那声音，铿铿锵锵颇有京城风味。遂问其来历。那琵琶女原来本是长安的乐伎，有名家技艺，后来年长色衰，嫁做商人妇。白居易分付摆酒，请那女子尽情弹奏。几曲演毕，乐伎神态忧伤，自叙青春时节欢乐过往，叹如今漂泊沦落，憔悴不堪。言语令一向心境平和的白居易亦不免触动，突有被贬逐的感受。于是撰写了这首共有六百一十六字的七言歌行，吟唱一番来赠送给那琵琶女，命题为《琵琶行》。

江州人感怀白司马，遂于浔阳江岸建琵琶亭。

本朝景祐二年，吉州人欧阳修因"越职言事"被贬谪往荆湖路，途经长江，慕名登琵琶亭凭吊。想及白居易的江州遭遇，不禁悲己怨世，很是伤感，遂写下《琵琶亭》：

第八回　琵琶亭与琵琶女

乐天曾谪此江边，已叹天涯涕泫然。

今日始知予罪大，夷陵此去更三千。

二十余年后，欧阳修任贡举主考官时，录取了苏轼、苏辙弟兄二人。那苏辙曾作《江州五咏·琵琶亭》，诗曰：

湓江莫雨晴，孤舟暝将发。

夜闻胡琴语，展转不成别。

草堂寄东林，雅意存北阙。

潸然涕泗下，安用无生说。

三百年来，这亭子总是受人喜爱。那文人雅士不远千里前来观瞻，就连江州城里的贩夫走卒经过此间，亦定要多望几眼或就此歇息片刻。

现如今，那亭上有人在卖酒，生意异常兴旺。

在靠江一副座头，有两个人对座饮酒。酒店主人上前，欢喜道："二位大人贵脚踏于贱地，蓬荜生光。"那二人摆手示意主人噤声。店主人双手捧坛玉壶春酒，轻声退下。

这两人，是何人？

一个名唤胡伸，歙州婺源人。一个名唤汪藻，祖籍歙州婺源，生于饶州德兴。当今天子赵佶曾亲制"居臣庆会阁诗"，下令群臣献诗，汪藻一人独领风骚。时胡伸亦有文名，时人曰："江左二宝,胡伸汪藻。"此二人遂闻名天下。

此番正值汪藻还乡省亲,胡伸受朱森邀,二人遂欢聚这江州。计划今日来这琵琶亭,明朝去那浔阳楼,然后各自赴职。

原是"天涯沦落人"的宋江,在江州结识戴宗、李逵、张顺三人,顿觉心安。

这日,四个人又来欢聚。戴宗道:"前面靠江有那琵琶亭酒馆,是唐朝白乐天古迹。我们去亭上酌三杯,就观江景。"

四人到得亭子上看时,牌额上有三个字,正是:

琵琶亭

这亭子一边靠着浔阳江,一边是店主人家房屋。琵琶亭上,有十数副座头。戴宗便拣一副干净座头,让宋江坐了头位。戴宗坐在对席,肩下便是李逵、张顺。四个坐定,便叫酒保铺下菜蔬果品海鲜按酒之类。张顺拎了几尾鱼,分付酒保,把一尾鱼做辣汤,用酒蒸一尾,教酒保切鲙。酒保取过两坛玉壶春酒开了泥头,这酒是江州有名的上色好酒。宋江纵目看那江上景致,端的是景致非常。四人谈笑间,两坛酒吃尽。

四人饮酒中间,各叙胸中之事。

端坐琵琶亭,稳观浔阳江,宋江兴致甚高,开口道:"兄弟可知,此一带曾出现一位名士,唤做黄庭坚。"见李逵只顾吃酒,戴宗、张顺亦各茫然,宋江便感叹道:"可惜一代大儒,英魄散他乡,痴魂消润州。"李逵抬首接口道:"吃什么浑润粥?成瓮吃酒,大块吃肉岂不快活。"戴宗接口道:"铁牛休得胡言,且听公明哥哥讲来。"宋江见李逵一副天真烂漫,也是欢喜,笑道:"是州府的州,镇江润州。"李逵道:"竟有这个鸟州。"

宋江便与三人叙些江湖中事,几个兴致顿起。正说得入耳,只见一个女娘,年方二八,穿一身纱衣,抱一把琵琶,缓移莲步,轻手轻脚,来到跟前,向着几个依次深深的道了四个万福。宋江看了那个女子时,生的如何?

> 冰肌玉骨,粉面酥胸。杏脸桃腮,酝酿出十分春色;柳眉星眼,妆点就一段精神。花月仪容,蕙兰情性。心地里百伶百俐,身材儿不短不长。声如莺啭乔林,体似燕穿新柳。正是:春睡海棠啼晓露,一枝芍药醉春风。

女娘道罢万福,拨弄琵琶便弹,顿开喉音便唱,正是那曲江州司马《琵琶行》。

汪藻望向那江,只见滔滔骇浪,渺渺洪涛,指着江对岸道:"昔年哥哥知那无为军,多有德政,有民画像于学宫。"胡伸举杯道:"往事休提。"两个正叙说,见那琵琶女开唱,相视而笑,吃了杯中酒,起身去了。那酒店主人见了,直送出琵琶亭外去。

李逵正待要卖弄胸中许多豪杰的事务,却被琵琶女唱起来一搅,三个且都听唱,打断了他话头。李逵怒从心上起,恶向胆边生,跳起身来,把两个指头去那女娘子额上一点,那女子正专心弹唱,不想祸从天降,哪里晓得?更兼身子柔弱,面容娇嫩,被这黑汉一点,顿时大叫一声,蓦然倒地。众人近前看时,只见那女娘子桃腮似土,檀口无言。未知五脏如何,先见四肢不举。那酒店主人送罢汪、胡二人回转来,正见此景,一发向前拦住四人,说道:"四位官人,如何是好?"主人心慌,便叫酒保、过卖都向前来救。就地下把水喷噀,看看苏醒。扶将起来看时,额角上抹脱了一片油皮,因此那女子晕昏倒了。救得醒来,千好万好。那女子身后的爹娘听得说是黑旋风,先自惊得呆了半晌,哪里敢说一言。看那女子已自说得话了,娘母取个手帕自与他包了头,收拾了钗环。宋江见他有不愿经官的意思,便唤那老妇人问道:"你姓甚么?哪里人家?如今待要怎地?"那妇人道:"不瞒官人说,老身夫妻两口儿,姓宋,原是京师人。只有这个女儿,小字玉莲。因为家窘,他爹自教得他几曲儿,胡乱叫他来这琵琶亭上卖唱养口。为他性急,不看头势,不管官人说话,只顾便唱。今日这哥哥失手伤了女儿些个,终不成经官动司,连累官人。"宋江见他说得本分,又且同姓,宋江便道:"你着甚人跟我到营里,我与你二十两银子,将息女儿,日后嫁个良人,免在这里卖唱。"那夫妻两口儿便拜谢道:"怎敢指望许多!但得三五两也十分足矣。"宋江道:"我说一句是一句,并不会说谎。你便叫你老儿自跟我去讨与他。"那夫妻二人拜谢道:"深感官人救济。"戴宗埋怨李逵

第八回　琵琶亭与琵琶女

道："你这厮要便与人合口,又教哥哥坏了许多银子。"李逵道："只指头略擦得一擦,他自倒了。不曾见这般鸟女子,恁地娇嫩!你便在我脸上打一百拳也不妨!"宋江等众人都笑起来。张顺便叫酒保去说："这席酒钱,我自还他。"酒保听得道："不妨,不妨!只顾去。"宋江哪里肯,便道："兄弟,我劝二位来吃酒,倒要你还钱,于礼不当。"张顺苦死要还,说道："难得哥哥全面。仁兄在山东时,小弟哥儿两个也兀自要来投奔哥哥。今日天幸得识尊颜,权表薄意,非足为礼。"戴宗道："公明兄长,既然是张二哥相敬之心,仁兄曲允。"宋江道："这等却不好看。既然兄弟还了,改日却另置杯复礼。"张顺大喜,就将了两尾鲤鱼,和戴宗、李逵,带了这个宋老儿,都送宋江离了琵琶亭,来到营里,五个人都进抄事房里坐下。宋江先取两锭小银二十两,与了宋老儿,那老儿拜谢了去。

宋老儿回到住处,与那妇人和女儿玉莲一番唏嘘。

先是说起在京师时,与那阎公一处学唱曲儿。那阎公亦只有一个女儿,小字婆惜,玉莲与婆惜自小一处玩耍。两个平昔好唱的人,教得那两个女儿自小也会唱诸般耍令。后又有那流落至京师的李公,将女儿巧奴送来跟宋、阎二公学唱曲儿。自此,三个小女儿同吃同住同学唱曲儿,情同亲生姐妹。随着三人慢慢长大,爹娘徐徐变老,为生活所迫,他们不得不各奔他乡。先是那李巧奴一家儿去建康府谋生,后是那阎婆惜一家三口儿往山东去投亲。此后便再无各自消息。

如今三人在这江州辛苦飘零,糊口都难。今日经这黑旋风一闹，亦不知是福是祸。有了这二十两银子，也是天可怜见。因此，一家人商量趁此离了这是非之地。三人计议已定，分头自去准备。

那宋玉莲辗转反侧，寻思道："来此一遭江州，终日卖唱养口，哪曾闲得一日！久闻这有座爱莲池，也不曾去得。都说有好篇《爱莲说》，亦不曾亲口唱得。"宋玉莲左思右想，不禁泪沾巾，暗泣道："这周敦颐爱莲，那陶渊明爱菊，世人爱牡丹。我能爱甚么？"真是人生几何？遗憾几多！

却是熙宁四年，周敦颐知南康军，开池植荷。江州人遂多诵《爱莲说》：

水陆草木之花，可爱者甚蕃。晋陶渊明独爱菊；自李唐来，世人甚爱牡丹；予独爱莲之出淤泥而不染，濯清涟而不妖，中通外直，不蔓不枝，香远益清，亭亭净植，可远观而不可亵玩焉。

予谓菊，花之隐逸者也；牡丹，花之富贵者也；莲，花之君子者也。噫！菊之爱，陶后鲜有闻。莲之爱，同予者何人？牡丹之爱，宜乎众矣！

那牢城营里，戴宗、李逵、张顺也自作别去了。宋江把今日张顺又带来的鲜鱼，一尾鱼送与管营，留一尾自吃。宋江因日间于琵琶亭见了那宋玉莲母女两个，此时便想起阎婆惜娘儿两个来。正是因了那阎婆惜，自己方逃亡于这江湖之上。一时感慨，又见

第八回　琵琶亭与琵琶女

鱼鲜,贪爱爽口,多吃了些,径回抄事房和衣而卧,又想及日间唱曲的宋玉莲,独自叹道:"人生怎般无常。昔年柳三便在这江州交得歌女谢玉英,终得落个安息。我宋三郎,今番一个,怎知他日又当身置何方?怎般模样?"至夜四更,肚里绞肠刮肚价疼,天明时,一连泻了二十来遭,昏晕倒了,睡在房中。宋江为人最好,营里众人都来煮粥烧汤,看觑伏侍他。次日,张顺因见宋江爱鱼吃,又将得好金色大鲤鱼两尾送来,就谢宋江寄书之义,却见宋江破腹泻倒在床,众囚徒都在房里看视。张顺见了,要请医人调治。宋江道:"自贪口腹,吃了些鲜鱼,苦无甚深伤,只坏了肚腹。你只与我赎一贴止泻六和汤来吃,便好了。"叫张顺把这两尾鱼,一尾送与王管营,一尾送与赵差拨。张顺送了鱼,就赎了一贴六和汤药来,与宋江了,自回去,不在话下。营内自有众人煎药伏侍。次日,却见戴宗、李逵备了酒肉,径来抄事房看望宋江。只见宋江暴病才可,吃不得酒肉,两个自在房面前吃了,直至日晚,相别去了。

第九回
天花井与桃花源

日照香炉生紫烟,遥看瀑布挂前川。

飞流直下三千尺,疑是银河落九天。

这一首《望庐山瀑布》乃是"诗仙"李白所作,可谓妇孺皆知晓、人人会诵读。

李白五登庐山。庐山之美也因其诗而"更上一层楼",令天下人神往。

"自从西汉司马迁在《史记》中写下'余南登庐山,观禹疏九江'之后,先后有晋朝陶渊明、谢灵运,唐朝孟浩然、李太白、白居易、吕洞宾,本朝周敦颐、苏东坡等人纷至沓来。而此一带,吉州欧阳修、抚州王安石、洪州黄庭坚,无不登这庐山。想我宋公明,却何德何能?"

"听吴学究说这山原名匡山,到了本朝,为避太祖皇帝的讳,而改称庐山的,却不知是真是假?"

"庐山虽美,但我迭配此间,即便'会当凌绝顶',那又如何?"

想至此处,宋江不禁止住脚步。

前几日因贪吃鲜鱼致使连日腹泻,昨日终得好转。想着世事无常、莫负春光,便继续托病在床,却暗自出来走走。营里人得了好处,便自做不知。

今日宋江独自前来逛庐山,是为静心观看景致。但此时突然没了登顶的心思,便信步去逛,也是依了缘分。

那白鹿洞原本是要去的,又怕见了破败之景象伤神,便也作罢了。

正走之间,见前面涧上有一桥。乃一单孔石拱桥,桥基立于东西两岸的悬崖上,设计精巧,造型美观,下临深潭,甚是壮观。遂急步向前。

见那桥历经风雨,却完好无损,不觉暗暗称奇。走得近了,见那桥上中心一排大字,乃是"维皇宋大中祥符七年岁次甲寅二月丁巳朔建桥"。大中祥符是真宗年号,二月丁巳即二月初一,算来此桥建成已有百年。

宋江再定睛细看,又有"上愿皇帝万岁,法轮常转,雨顺风调,天下民安。谨题"等字。

"雨顺风调,天下民安。"宋江暗念两遍,思绪万千,"何处民安?济州民安?江州民安?"

再看时,还有些小字,因离得远,却是看不甚清。

上方隐约可见：

江州匠

下方刻有人名：

陈智洪
陈智福

盯得紧了，双眼生疼，其他字迹更加模糊。宋江便感叹了一番：江州匠人，真好汉也！

看那二人名字，宋江倏忽想起曾巩。南丰先生曾历知洪、福诸州。人言其兄毕卒于江州。

桥畔傍山有石亭，亭内有一眼清泉，石刻三个字：

招隐泉

宋江不以为意。这却是唐朝"茶仙"陆羽品题的"天下第六泉"。

宋江举步上桥时，见石碑上书"栖贤"二字，忽地想起东坡居士苏轼那首《栖贤三峡桥》：

吾闻太山石，积日穿线溜。

况此百雷霆，万世与石斗。

深行九地底，险出三峡右。

长输不尽溪，欲满无底窦。

跳波翻潜鱼，震响落飞狖。

清寒入山骨，草木尽坚瘦。

空蒙烟霭间，颍洞金石奏。

弯弯飞桥出，潋潋半月彀。

玉渊神龙近，雨雹乱晴昼。

垂瓶得清甘，可咽不可漱。

宋江自顾吟诵一回，意犹未尽，又想起那夜与"智多星"吴用谈及庐山时，吴用曾说黄庭坚作过《栖贤桥铭》，便是这里了。

"想这黄庭坚，便是此间人。有此等山水，也是幸事了。"

宋江边想边行，尽情享受这庐山景致。

庆历五年，黄庭坚生于洪州府分宁县，时仁宗赵祯在位。庭坚长成后声名远播，位列"苏门四学士"之一。其诗被苏轼称为"山谷体"。

黄庭坚的书法独树一格，自成一家，和苏轼、米芾齐名，及当朝太师蔡京，世人称为"四大家"。

黄庭坚为官亦负盛名。神宗皇帝时，先是熙宁元年，黄庭坚至日后苏东坡安魂地汝州任县尉。时，祸灾流行，倾墙摧栋。黄庭坚尽力救灾民，赋《流民叹》，言"邑有流亡愧俸钱"，历四载。熙宁五年，第文为优，教授北京国子监。期满又任，历八载。人言：

"黄庭坚为教授，文行足为学者规范，当时甚推重焉。"元丰三年至元丰六年间，黄庭坚知吉州泰和县事。他整吏治、抗盐税、察民情，被百姓称为"黄青天"。

元符三年，神宗第十一子赵佶即位，黄庭坚又得起任。崇宁四年，黄庭坚病逝于他乡。大观三年二月，其灵柩归葬家乡。

黄庭坚一生，无愧于天地，无愧于百姓，无愧于自己。

他倡导：

当官莫避事，为吏要清心。
不以民为梯，俯仰无所怍。

他呼号：

但愿官清不爱钱，长养儿孙听驱使。

想想当今朝廷官员，宋江不禁感叹，朗声道："当世再无黄庭坚！"山谷传音，回荡不绝。"先是黄山谷在大名府，后是晁天王取大名府生辰纲。先是教授黄鲁直，后是教授吴加亮。也是有趣。"

宋江边感叹这黄庭坚，又忽地想起王羲之来。原来宋江自幼曾攻经史，长成时常挥毫，做了押司更与笔墨为伍。那日夜宿梁山，与吴用促膝交谈，宋江言及江州有座大好庐山，听闻山上有多处王羲之遗留痕迹。那吴用平生机巧心灵，万卷经书曾读过，六韬三略究来精。听得宋江相询，便把手将髭须一捻，徐徐言道："那王羲之在庾亮将军府任参军有功，得以升迁……"

东晋咸康元年，王羲之奉命镇守江州，出任江州刺史。王羲之生性洒脱，常与友人游庐山。后至星子县境庐山南麓金轮峰下，见有瀑从数十米高崖壁飞下，泻入碧绿深潭。潭中泉水，冰彻肌肤。此乃人称"庐山名瀑不下数十，而以此列为第一"的玉帘泉。潭西南附近，有一天然石洞，内里乱石块块，有的状如石凳，有的形似石椅，可坐可卧。洞外缕缕光线透入，静谧非常。可谓天然"书斋"。王羲之遂时常出没此洞，或读书，或习字，故此洞被后人称之为"羲之洞"。

这羲之洞与栖贤桥皆倚那五老峰。昔年李白曾有诗：

庐山东南五老峰，青天削出金芙蓉。
九江秀色可揽结，吾将此地巢云松。

咸康六年，王羲之解职去官，在玉帘泉旁修墅，隐居金轮峰下。自此坐观山峰竞秀，飞泉泻银。

王羲之师法前人，遍学名家笔法，这时又从金轮峰的奇伟和玉帘泉的飘逸中获得启示，他的书法自成一体。人言，其为写好一个"鹅"字，曾在玉帘泉下玉溪中凿池、筑坝、拦水养鹅，每日观鹅，终把那"鹅"字写活。江州人将他的笔迹刻于岩石之上，后遇山洪，石入深潭。据说那荡漾于水底的"鹅"字，犹如一只潜水白鹅嬉游水中。后黄庭坚曾到此寻访，在鹅池旁巨石上亲题

"鹅池"二字。

某日,王羲之邀几位文友相聚。几巡酒后,文友们求书"鹅"字。王羲之带着几分醉意,但兴致勃勃,一笔呵成,众人目不转睛,各个拍掌叫好。正当落款之时,羲之误将墨当作茶,遂有江州人传颂的"羲之喝墨"事。后经文友们提议,王羲之在此间凿池洗笔,名曰"洗墨池"。

后王羲之离江州,其别墅和洗墨池成为寺院,寺名归宗寺,取佛语"万化归一、万流归宗"之意。乃成庐山第一古寺。

相传,吕洞宾漫游江湖,尝游庐山,留《书庐山归宗寺钟楼壁偈》:

一日清闲自在身,六神和合报平安。
丹田有宝休寻道,对境无心莫问禅。

王羲之书法自成一派。其作《兰亭序》被誉为"天下第一行书"。自唐太宗李世民计赚《兰亭序》后,王羲之被尊为"书圣"。

同是沂州人,王羲之乃成一代书圣,洒脱若仙,何故李铁牛粗笨如此?宋江在心内将此二人比对一番,不禁哑然失笑。

其时,诗僧惠洪正与徐俯在归宗寺内对饮香茗。那徐俯是饶州将门之后,他因不甚满意朝廷授职,久不就职。他流连在这江南路山水间。今日访惠洪于庐山。

惠洪道:"居士工于文辞,字字有来处,小僧肃然起敬。"

第九回 天花井与桃花源

徐俯道："小生意图夺胎换骨,点铁成金,奈何才疏学浅。"惠洪又道："居士倡作诗自立意,不可蹈袭前人,小僧牢记于心中。"徐俯接口道："今人多闭门合目,作镌空妄实之想,实则切切不可。"惠洪点头称是。

两人饮罢盏茶。惠洪望定徐俯,道："闻太师蔡京用事,屡以甘言相招,居士屡不事?"徐俯立时道："徐某不事权奸!"惠洪笑道："居士正直。然作《猛虎行》以讥之,不怕那'虎'出来伤人?"徐俯朗声笑道："那蔡某手书元祐党籍。若真元祐党人,岂不皆良贤!但蔡京辈,凡己之所恶,欲终身废之者,必名之元祐之党。无辜者多矣!"两人叹息不已。

半晌,惠洪道："居士当效乃舅,出仕,为民。"徐俯听罢,不住点头称善。那徐俯遂赴京师任职,其后有所为。

宋江放眼望去,好座庐山,连绵不绝,真是身在此山中,云深不知处。见迎面走来一人,宋江急忙欠身问道："借问这山路何处是尽头?"那人笑道："庐山之路仿若人生之径,惟有或停或行,无须直视尽头!"那人又道："小人大胆,敢问客人何处人氏?"宋江回道："小可见在江州城外住。"那人道："小人见是浔阳江岸白龙神庙庙祝,客人他日可前往小聚。"宋江拱手称谢。那人又道："客人要寻尽头,这庐阜之末为天花井。上有哲宗绍圣间兴建宝寺一座,甚是灵验。"宋江闻听,肚里寻思道："那日看罢灌婴井,今日又逢天花井,也是有缘。可惜花荣贤弟不会来此,否则同去登这天花井,当为幸事。"宋江正要问那庙祝如何去天花井，那人却不知何时不见了身影。宋江便自顾缓步行去。

"听闻庐山有好一座道教洞天。唐朝玄宗曾亲自御笔手书'九天使者之庙'，且不知这'九天使者'与'九天玄女'是否为同一上仙？后我朝太宗皇帝易名为太平兴国观。当今圣上崇信道教，据说又要升观为宫。岂不知如今这乱世，哪还有个'道'字可行？奸臣当道、污吏横行，多少仁人志士走投无路！多少英雄好汉逼上梁山！想我宋江待事尽心竭力，待人谨小慎微，却也落得个配文双颊！他日得回家中，是否能远离这功名利禄，学那五柳先生'采菊东篱下，悠然见南山'？却也逍遥快活。"

宋江且想且行，不知行了多久，见前方有一深谷。谷前三个大字：康王谷。

"当今圣上第九子，名为赵构，被封'康王'。莫非江州此间竟是他的属地？"

宋江遂向谷而行，见一溪。

沿溪行良久，忽现一片桃花林，两岸皆桃树，中无杂树。

宋江甚是诧异，继续前行，想走出这桃林。

行了许久终于出林，正是溪水源头。正前方有一座小山，山上有一小洞口，隐约有光透出。

宋江一时兴起，举步入洞。山洞很狭窄，刚好可以通过一人。向前走了几十步，豁然开朗！

眼前土地平坦宽广，房舍、田地有序排列。

"方才还念及五柳先生，怎地这康王谷这般像他笔下的桃花源？"

宋江惊诧不已！但他怎知：这康王谷，便是那桃花源。

陶渊明，名潜，号"五柳先生"。

生于浔阳，卒于浔阳。

生于东晋，卒于南朝。

陶氏一族名人辈出，陶潜曾祖父乃东晋开国名将陶侃，陶侃之子陶范曾任江州刺史。至陶潜，将及而立之时，才出任江州祭酒。

东晋义熙元年八月，陶潜最后一次出仕，为彭泽县令。同年十一月，陶潜解印辞官，作《归去来兮辞》，开始归隐，直至逝去。生时，陶潜数登庐山，与慧远大师共诉尘缘。

宋江喜郭祥正诗，这时忽地想起那首《寄九江陶子骏通直》来，诗为：

家住庐山脚，堂开佚老名。
清朝知止足，白发慰平生。
日月归千载，乾坤付一觥。
曾逢金马客，唤作小渊明。

宋江心中暗道："这郭祥正诗文绝妙。然不慎依附蔡京，损了声名。幸得日后归隐去了，此生也算干净。"

又想回那陶潜，"前朝孟浩然、王维、李太白、韩愈、白居易，本朝欧阳修、苏东坡、黄庭坚、王安石，纷纷写诗记之。真是

085

不枉这一生！"宋江猛地记起一事来，心道："这江州白司马曾寻陶潜旧居而不得，却'每逢姓陶人，使我心依然'。听闻白乐天在这庐山有'五架三间新草堂'，却不知在哪座峰下？在这庐山之上，陶潜有慧远，苏东坡有佛印，我怎地一个？名又不成，功又不就。"宋江又胡乱想回陶氏来，又暗自感叹："万料不到，那蔡绦亦对先生甚为敬仰！"

蔡绦为当朝太师蔡京第四子。其有言云："渊明意趣真古，清淡之宗，诗家视渊明，犹孔门之视伯夷也。"那时为崇宁二年，蔡京专权，曾掀起一场以禁毁苏轼、黄庭坚等人著作为主的"崇宁书禁"。但据说蔡绦对苏、黄二人却颇为赞赏。

"那蔡绦别号'无为子'。听牢城营人说，浔阳江对岸有座无为军。却不知与他可有甚么干系？"

想那无为军时，宋江忽地又想起黄庭坚来。却是上次琵琶亭吃酒后，戴宗知宋江欣赏黄庭坚，乃于次日去寻江州府黄孔目。那孔目博学，对同地同姓的黄庭坚尤为仰慕，遂与戴宗把酒畅谈不止。次日，戴宗叫了李逵，带了酒肉去抄事房看望宋江时，一股脑把听得的全说与宋江听，便说起黄庭坚亦曾在崇宁年间被当今圣上赵佶指任为无为军知州。却是因为当今皇帝好书法，取众家之长，然初习黄庭坚。当今皇帝无心治国，却专心习字。他的字天骨遒美，如屈铁断金，后南宋周密称"徽宗定鼎碑，瘦金书"。

宋江整日且思且行，直逛至周身疲惫，无力前行，却也足够

第九回　天花井与桃花源

尽兴,方肯踏月而归。

宋江回到牢城营抄事房,兴奋依然,无心睡眠。

却值更深,又无有菜肴,便一边独酌,一边吟诵那《桃花源记》:

晋太元中,武陵人捕鱼为业。缘溪行,忘路之远近。忽逢桃花林,夹岸数百步,中无杂树,芳草鲜美,落英缤纷。渔人甚异之,复前行,欲穷其林。

林尽水源,便得一山,山有小口,仿佛若有光。便舍船,从口入。初极狭,才通人。复行数十步,豁然开朗。土地平旷,屋舍俨然,有良田、美池、桑竹之属。阡陌交通,鸡犬相闻。其中往来种作,男女衣着,悉如外人。黄发垂髫,并怡然自乐。

见渔人,乃大惊,问所从来。具答之。便要还家,设酒杀鸡作食。村中闻有此人,咸来问讯。自云先世避秦时乱,率妻子邑人来此绝境,不复出焉,遂与外人间隔。问今是何世,乃不知有汉,无论魏晋。此人一一为具言所闻,皆叹惋。余人各复延至其家,皆出酒食。停数日,辞去。此中人语云:"不足为外人道也。"

既出,得其船,便扶向路,处处志之。及郡下,诣太守,说如此。太守即遣人随其往,寻向所志,遂迷,不复得路。

南阳刘子骥,高尚士也,闻之,欣然规往。未果,寻病终，后遂无问津者。

"当今世道，奸佞当道。英雄好汉不遇明主，屈沉在小人之下，受诸般腌臜气！这普天之下，安有桃花源？"

天色沉重，无有星光。宋江苦坐，蓦地念起父亲来，以手捶胸道："那黄庭坚身虽贵显，奉母尽诚。每夕亲为母亲洗涤溺器，未尝一刻不供子职。我宋江亦至孝之人，却弃撇父亲，不能尽这人子之道！"

宋江嗟吁不止，不免醉得沉沉睡去……

第十回
蓝桥酒与西江月

浔阳楼。

浔阳江岸第一楼。

有诗赞曰:

雕檐映日,画栋飞云。碧阑干低接轩窗,翠帘幕高悬户牖。吹笙品笛,尽都是公子王孙;执盏擎壶,摆列着歌姬舞女。消磨醉眼,倚青天万叠云山;勾惹吟魂,翻瑞雪一江烟水。白蘋渡口,时闻渔父鸣榔;红蓼滩头,每见钓翁击楫。楼畔绿槐啼野鸟,门前翠柳系花骢。

唐朝贞元元年秋,韦应物调任江州刺史。一日,韦应物登上城楼,赋诗一首:

始罢永阳守，复卧浔阳楼。
悬槛飘寒雨，危堞侵江流。
迨兹闻雁夜，重忆别离秋。
徒有盈樽酒，镇此百端忧。

又至元和十年，白居易被贬为江州司马。元和十一年某一日，白居易登上浔阳城楼，触情生情，作《题浔阳楼》：

常爱陶彭泽，文思何高玄。
又怪韦江州，诗情亦清闲。
今朝登此楼，有以知其然。
大江寒见底，匡山青倚天。
深夜溢浦月，平旦炉烽烟。
清辉与灵气，日夕供文篇。
我无二人才，孰为来其间？
因高偶成句，俯仰愧江山。

本朝元丰七年五月间，苏轼游庐山过江州，登浔阳楼与友人把酒言欢。酒家趁东坡先生微醉索请题字，苏东坡挥笔写下"浔阳酒楼"四个大字。怎料字被酒浸而洇了"酒"字。酒家便只将"浔阳楼"三字刻匾，悬挂浔阳楼上，遂成"浔阳楼"。

凡此种种，令浔阳楼远近闻名，让人甚是神往。

第十回　蓝桥酒与西江月

宋江自庐山归来，又在营中将息了五七日，觉得身体没事，病症已痊，思量要入城中去寻戴宗。又过了一日，不见他一个来。次日早饭罢，辰牌前后，揣了些银子，锁上房门，离了营里，信步出街来，径走入城，去州衙前左边，寻问戴院长家。有人说道："他又无老小，只止本身，只在城隍庙间壁观音庵里歇。"宋江听了，寻访直到那里，已自锁了门出去了。却又来寻问黑旋风李逵时，多人说道："他是个没头神，又无住处，只在牢里安身。没地里的巡检，东边歇两日，西边歪几时，正不知他哪里是住处。"宋江又寻问卖鱼牙子张顺时，亦有人说道："他自在城外村里住，便是卖鱼时，也只在城外江边。只除非讨赊钱入城来时，便在浪井。"宋江又问："浪井却在何处？"那人道："官人当不是这里人，是我口滑，便是那灌婴井。"

原来，张顺在江州城里歇时喜去那灌婴井看泉起浪涌。

有人问起浪里白跳，皆言"浪里白跳在灌婴井"。

众渔人久了懒惰，只图省力，只拣头尾，一时口顺，都叫那里做"浪井"。

宋江听罢，便来浪井，寻张顺亦不见。又独自一个闷闷不已，信步再出城外来，看见那一派江景非常，观之不足。

正行到一座酒楼前，酒楼旁边竖着一根望竿，悬挂着一个青布酒旆子，上写道：

浔阳江正库

雕檐外一面牌额，上有苏东坡大书三字：

浔阳楼

宋江看了，便道："我在郓城县时，只听得说江州好座浔阳楼，原来却在这里。我虽独自一个在此，不可错过，何不且上楼自己看玩一遭。"宋江来到楼前看时，只见门边朱红华表柱上，两面白粉牌，各有五个大字，写道：

世间无比酒
天下有名楼

宋江便上楼来，去靠江占一座阁子里坐了，凭阑举目看时，端的好座酒楼。

宋江看罢浔阳楼，喝彩不已，凭阑坐下。酒保上楼来，唱了个喏，下了帘子，请问道："官人还是要待客，只是自消遣？"宋江道："要待两位客人，未见来。你且先取一樽好酒，果品肉食，只顾卖来。鱼便不要。"酒保听了，便下楼去。少时，一托盘把上楼来，一樽蓝桥风月美酒，摆下菜蔬时新果品按酒，列几般肥羊、嫩鸡、酿鹅、精肉，尽使朱红盘碟。宋江看了，心中暗喜，自夸道："这般整齐肴馔，济楚器皿，端的是好个江州。我虽是犯罪远流到此，却也看了些真山真水。我那里虽有几座名山古迹，却无此等景致。"独自一个，一杯两盏，倚阑畅饮，不觉沉醉。猛然蓦上

第十回　蓝桥酒与西江月

心来,思想道:"我生在山东,长在郓城,学吏出身,结识了多少江湖上人,虽留得一个虚名,目今三旬之上,名又不成,功又不就,倒被文了双颊,配来在这里。我家乡中老父和兄弟,如何得相见!"不觉酒涌上来,潸然泪下,临风触目,感恨伤怀。忽然做了一首《西江月》词调,便唤酒保,索借笔砚。起身观玩,见白粉壁上,多有先人题咏。看了一遭,内中有一首《点绛唇》,词曰:

新月娟娟,夜寒江静山衔斗。

起来搔首,梅影横窗瘦。

好个霜天,闲却传杯手。

君知否?乱鸦啼后,归兴浓于酒。

看那题款时,是"德兴汪藻作"。宋江恰在营里听过此人,知是饶州人氏,崇宁年间进士,现任通判。

又有《卜算子》,不知何故,仅半阕:

心空道亦空,风静林还静。

卷尽浮云月自明,中有山河影。

看时,是"分宁徐俯作"。这徐俯是黄庭坚外甥,为黄山谷所器重。少时作《红梅》诗,得苏东坡称赏。晚年成《春雨》诗,世人称颂。自入仕先提点南康军,又知吉州、庐州、信州,任翰林学士,后终老饶州德兴。

宋江寻思道:"何不就书于此?倘若他日身荣,再来经过,重睹一番,以记岁月,想今日之苦。"乘其酒兴,磨得墨浓,蘸得笔饱,去那白粉壁上,挥毫便写道:

> 自幼曾攻经史,长成亦有权谋。
> 恰如猛虎卧荒丘,潜伏爪牙忍受。
> 不幸刺文双颊,那堪配在江州。
> 他年若得报冤仇,血染浔阳江口。

宋江写罢,自看了,大喜大笑。一面又饮了数杯酒,不觉欢喜。想起雕檐外面牌额上东坡居士书的"浔阳楼"三字,寻思哲宗时苏东坡曾任翰林学士。又想起李立店外酒旆儿上皮日休作的诗文,又寻思黄巢时皮日休也任翰林学士。两大学士才子,一般身世浮沉,与己何其相似。宋江不知,那汪藻也曾任翰林学士,后受蔡京累被夺职。此情状与苏东坡、皮日休,亦相似也。

这时宋江自狂荡起来,手舞足蹈,又拿起笔来,去那《西江月》后,再写下四句诗,道是:

> 心在山东身在吴,飘蓬江海谩嗟吁。
> 他时若遂凌云志,敢笑黄巢不丈夫。

宋江写罢诗,又去后面大书五字道:"郓城宋江作"。写罢,掷笔在桌上,又自歌了一回,又自唱白乐天句,道:"能饮一杯

第十回 蓝桥酒与西江月

无?"再饮过数杯酒,不觉沉醉,力不胜酒,便唤酒保计算了,取些银子算还,多的都赏了酒保。拂袖下楼来,踉踉跄跄,取路回营里来。开了房门,便倒在床上,一觉直睡到五更。酒醒时,全然不记得昨日在浔阳江楼上题诗一节。当日害酒,自在房里睡卧,不在话下。

这江州对岸有个去处,唤做无为军,却是个野去处。大宋立国之初,于此创营壁垒,乃筑垣墉用兵。太平兴国三年,太宗皇帝因"思与天下安于无事,取无为而治"之意名之为无为军。向后渐有所成,榷矾榷茶,转运诸州。时有《题无为军》诗曰:

> 掩映军城隔水乡,人烟景物共苍苍。
> 酒家楼阁摇风斾,茶客舟船簇雨樯。
> 残笛远砧闻野墅,老苔寒桧看僧房。
> 狎鸥更有江湖兴,珍重江头白一行。

这城中有个在闲通判,姓黄,双名文炳。这人虽读经书,却是阿谀谄佞之徒,心地偏窄,只要嫉贤妒能。胜如己者害之,不如己者弄之,专在乡里害人。原在洪州,做得过了。只得回这江州来,见住在无为军城里。这无为军非大去处,故知军以下,多有空阙。这黄文炳自到此地,一心巴结,指望出职。

那日知军设宴,文炳亦在列。知军召那一众健儿演武助兴。这知军酒酣之际,记起人说内中有个小校名唤欧鹏的,幼时曾得见苏东坡，遂说与席间众人。

这小校，姓欧名鹏，祖贯黄州。那时，苏轼谪居黄州，始号东坡。黄州军民有爱其才干者，与之相交。欧家世代为军户，那欧大郎行伍之身，无所顾忌，生得一子，径直来求东坡命名。那时正是元丰五年十月间，苏轼的《赤壁赋》方成，乃取那"适有孤鹤，横江东来。翅如车轮"与"梦一道士，羽衣翩跹"诸语，命其为一个鹏字，是为金翅御风。后苏轼北迁，先往江州。欧大郎抱子送行，是故岁余孩童得见东坡。

后，父亲染患病症，呜呼哀哉去了。欧鹏替父从军，先是被调去守把扬子江，后被调到无为军守把浔阳江。因这欧鹏力壮身强武艺精，行步如飞偏出众，任了马军小校。

黄文炳听罢，甚是不忿，心中暗道："想我饱读诗书，也曾风光一时，倾尽家财，连那蔡太师都不得一见，这粗鄙武夫竟有机缘直面苏学士，真是世道不公！"开口道："黄州得见苏东坡？可曾洪州得见黄庭坚？"席下欧鹏闻言大怒，心内焦躁起来。那知军不胜酒力，已然沉醉，接口道："可曾汴州得见蔡太师？"众人大笑不止。欧鹏气急，大步出厅而去，众军汉拉扯不及。那知军正欲喝止，黄文炳又道："相公，此言差矣，他见那元祐党人则罢，岂敢去污蔡太师双目！"那知军闻言，突地发出一身冷汗，酒醒大半，一时无处发泄，喝道："欧鹏蔑视长官，与我脊杖二十。"众人不欢而散。那欧鹏忍受不得，逃走在江湖上，在绿林中熬出一个名字，唤做摩云金翅，后聚得三五百人，成了一番气候。

那知军经此一闹，知晓了黄文炳的性情，日后有意避之。这

第十回　蓝桥酒与西江月

黄文炳自知无趣，亦不把心思放在此处。黄文炳闻知这对岸蔡九知府是当朝蔡太师儿子，每每来浸润他，时常过江来谒访知府，指望他引荐出职，再欲做官。也是宋江命运合当受苦，撞了这个对头。当日这黄文炳在私家闲坐，无可消遣，带了两个心腹，一个唤做"黄鼠狼"，另一个唤做"豺狼"，买了些时新礼物，自家一只快船渡过江来，径去府里探望蔡九知府。恰恨撞着府里公宴，不敢进去。却再回船边来归去，不期那只船心腹人已缆在浔阳楼下。黄文炳因见天气暄热，且去楼上闲玩一回，信步入酒库里来，看了一遭。转到酒楼上，凭栏消遣，观见壁上题咏甚多，说道："前人诗词，也有作得好的，亦有歪谈乱道的。"黄文炳看了冷笑。正看到宋江题《西江月》词并所吟四句诗，大惊道："这个不是反诗！谁写在此？"后面却书道"郓城宋江作"五个大字。黄文炳再读道："自幼曾攻经史，长成亦有权谋。"冷笑道："这人自负不浅。"又读道："恰如猛虎卧荒丘，潜伏爪牙忍受。"黄文炳道："那厮也是个不依本分的人。"又读："不幸刺文双颊，那堪配在江州。"黄文炳道："也不是个高尚其志的人，看来只是个配军。"又读道："他年若得报冤仇，血染浔阳江口。"黄文炳道："这厮报仇兀谁？却要在此间报仇！量你是个配军，做得甚用！"又读诗道："心在山东身在吴，飘蓬江海谩嗟吁。"黄文炳道："这两句兀自可恕。"又读道："他时若遂凌云志，敢笑黄巢不丈夫。"黄文炳摇着头道："这厮无礼！他却要赛过黄巢，不谋反待怎地！"再看了"郓城宋江作"，黄文炳道："我也多曾闻这个名字，那人多管是个小吏。"便叫酒保来问道："作这两篇诗词，端的是何人题下在此？"酒保道："夜来一个人，独自吃了一瓶酒，醉后疏狂，写在这里。"黄文炳道："约莫甚么样人？"酒保道："面颊上有两行金印，多管是牢城营内人。生得黑矮肥胖。"黄文炳道："是了。"就借笔砚，取幅纸来抄了，藏在身边，分付酒保休要刮去了。

黄文炳下楼，自去船中歇了一夜。次日饭后，那两个心腹人挑了盒仗，一径又到府前，正值知府退堂在衙内，使人入去报复。多样时，蔡九知府遣个叫和清的管事人出来，邀请在后堂。蔡九知府却出来与黄文炳叙罢寒温已毕，送了礼物，分宾坐下。黄文炳禀说道："文炳夜来渡江，到府拜望，闻知公宴，不敢擅入。今日重复拜见恩相。"蔡九知府道："通判乃是心腹之交，径入来同坐何妨。下官有失迎迓。"那和清自安排左右执事人献茶。

这茶自是好茶，乃是产自庐山的云雾茶。庐山茶因陆羽而兴，唐朝至德元年起，陆羽游江州，而后历洪州、饶州、吉州、信州。陆羽曾于庐山会众僧一道采茶制茶，居康王谷一年有余。数载后，终成《茶经》，内中称"庐州康王谷水帘水，第一"。此云雾茶初由鸟雀衔种洒于岩隙石罅，后经东林寺高僧慧远改造生成，如今成了贡茶，特奉给圣上和朝廷重臣吃。因今天子甚是爱茶，更于大观元年亲著《茶论》详解茶道。宣和二年，天子赵佶赐延臣宴，亲手注汤击拂，分茶予诸臣。太师蔡京在《太清楼侍宴记》中云：今上"亲手调茶，分赐左右"。蔡太师第四子蔡绦后曾记之："茶之尚，盖自唐人始，至本朝为盛，而本朝又至道君皇帝时益穷极新出，而无以加矣。"蔡九不通文墨，只顾学着父兄，专于附庸风雅,乐于铺张茶事。

铺下的茶果乃是姑塘茶饼。这饼被韦应物称为"九江茶饼",被苏东坡赞为"小饼如嚼月,中有酥和饴",江州人喜爱不已。

时分宁有茶,为双井茶。黄庭坚推赏京师,赠一众名士,苏东坡等皆喜,一时名动京华。蔡京厌之,故其子皆不饮。

茶罢,黄文炳道:"相公在上,不敢拜问,不知近日尊府太师恩相曾使人来否?"知府道:"前日才有书来。"黄文炳道:"不敢动问,京师近日有何新闻?"知府道:"家尊写来书上分付道:近日太史院司天监奏道:夜观天象,罡星照临吴楚分野之地。敢有作耗之人,随即体察剿除。嘱付下官,紧守地方。更兼街市小儿谣言四句道:'耗国因家木,刀兵点水工。纵横三十六,播乱在山东。'因此特写封家书来,教下官提备。"黄文炳寻思了半晌,笑道:"恩相,事非偶然也。"黄文炳袖中取出所抄之诗,呈与知府道:"不想却在于此处。"蔡九知府看了道:"这个却正是反诗。说起来,这江州地界,从古至今,开天辟地,未曾有人敢托胆称王。"黄文炳道:"恩相整日忙于公干,怎会记得,那刘子勋曾在此地登基称帝。"蔡九知府一怔,转而笑道:"那刘三郎刘孝德乃区区小儿,斗胆逆天,终是落得尸横庐山。"黄文炳亦笑道:"相公见解得当。"知府问道:"这诗通判哪里得来?"黄文炳道:"小生夜来不敢进府,回至江边,无可消遣,却去浔阳楼上避热闲玩,观看前人吟咏,只见白粉壁上新题下这篇。"知府道:"却是何等样人写下?"黄文炳回道:"相公,上面明题着姓名,道是'郓城宋江作'。"知府道："这宋江却是甚么人？"黄文炳道："他分明写，自道'不幸刺文双颊，只今配在江州'，眼见得只是个配军，牢城营犯罪的囚徒。"知府道："量这个配军，做得甚么！"黄文炳道："相公不可小觑了他！恰才相公所言，尊府恩相家书说小儿谣言，正应在本人身上。"知府道："何以见得？"黄文炳道："'耗国因家木'，耗散国家钱粮的人，必是家头着个木字，明明是个宋字。第二句'刀兵点水工'，兴起刀兵之人，水边是个工字，明是个江字。这个人姓宋名江，又作下反诗，明是天数，万民有福。"知府又问道："何为'纵横三十六，播乱在山东'？"黄文炳答道："或是六六之年，或是六六之数，'播乱在山东'，今郓城县正是山东地方。这四句谣言已都应了。"知府又道："不知此间有这个人么？"黄文炳回道："小生夜来问那酒保时，说道这人只是前日写下了去。这个不难，只取牢城营文册一查，便见有无。"知府道："通判高见极明。"便唤从人叫库子取过牢城营里文册簿来看。当时从人于库内取至文册，蔡九知府亲自检看，见后面果有于今五月间新配到囚徒一名，郓城县宋江。黄文炳看了道："正是应谣言的人，非同小可。如是迟缓，诚恐走透了消息，可急差人捕获，下在牢里，却再商议。"知府道："言之极当。"随即升厅，叫唤两院押牢节级过来。厅下戴宗声喏。知府道："你与我带了做公的人，快下牢城营里捉拿浔阳楼吟反诗的犯人郓城县宋江来，不可时刻违误！"

戴宗听罢，吃了一惊，心里只叫得苦。随即出府来，点了众节级牢子，都叫："各去家里取了各人器械，来我间壁城隍庙里取齐。"戴宗分付了,众人各自归家去。戴宗即自作起神行法,先来到牢城营里,径入抄事房,推开门看时,宋江正在房里。见是戴宗入来,慌忙迎接,便道:"我前日入城来,哪里不寻遍。因贤弟不在,独自无聊,自去浔阳楼上饮了一瓶酒。这两日迷迷不好,正在这里害酒。"戴宗道:"哥哥,你前日却写下甚言语在楼上?"宋江道:"醉后狂言,忘记了,谁人记得!"戴宗道:"却才知府唤我当厅发落,叫多带从人,拿捉浔阳楼上题反诗的犯人郓城县宋江正身赴官。兄弟吃了一惊,先去稳住众做公的,在城隍庙等候。如今我特来先报知哥哥,却是怎地好!如何解救?"宋江听罢,挠头不知痒处,只叫得苦:"我今番必是死也!"

戴宗道:"我教仁兄一着解手,未知如何?如今小弟不敢担阁,回去便和人来捉你。你可披乱了头发,把尿屎泼在地上,就倒在里面,诈作风魔。我和从人来时,你便口里胡言乱语,只做失心风便好。我自去替你回复知府。"宋江道:"感谢贤弟指教,万望维持则个。"

戴宗慌忙别了宋江,回到城里,径来城隍庙,唤了众人做公的,一直奔入牢城营里来,径喝问了:"哪个是新配来的宋江?"牌头引众人到抄事房里,只见宋江披散头发,倒在尿屎坑里滚。见了戴宗和做公的人来,便说道:"你们是甚么鸟人?"戴宗假意大喝一声:"捉拿这厮!"宋江白着眼,却乱打将来,口里乱道:"我是玉皇大帝的女婿,丈人教我领十万天兵,来杀你江州人。阎罗大王做先锋,五道将军做合后。与我一颗金印,重八百余斤。杀你这般鸟人!"众做公的道:"原来是个失心风的汉子,我们拿他去何用？"戴宗道："说得是。我们且去回话，要拿时再来。"

众人跟了戴宗，回到州衙里，蔡九知府在厅上专等回报。戴宗和众做公的在厅下回复知府道："原来这宋江是个失心风的人，尿屎秽污全不顾，口里胡言乱语，全无正性。浑身臭粪不可当，因此不敢拿来。"蔡九知府正待要问缘故时，黄文炳早在屏风背后转将出来，对知府道："休信这话！本人作的诗词，写的笔迹，不是有风症的人，其中有诈。好歹只顾拿来，便走不动，扛也扛将来。"蔡九知府道："通判说得是。"便发落戴宗："你们不拣怎地，只与我拿得来，在此专等！"戴宗领了钧旨，只叫得苦。再将带了众人，下牢城营里来，对宋江道："仁兄，事不谐矣！兄长只得去走一遭。"便把一个大竹箩，扛了宋江，直抬到江州府里，当厅歇下。知府道："拿过这厮来！"众做公的把宋江押于阶下。宋江哪里肯跪，睁着眼，见了蔡九知府道："你是甚么鸟人，敢来问我！我是玉皇大帝的女婿，丈人教我引十万天兵，来杀你江州人。阎罗大王做先锋，五道将军做合后。有一颗金印，重八百余斤。你也快躲了我。不时，教你们都死。"蔡九知府看了，没做理会处。黄文炳又对知府道："且唤本营差拨并牌头来问，这人来时有风，近日却才风？若是来时风，便是真症候；若是近日才风，必是诈风。"知府道："言之极当。"便差人唤到管营、差拨，问他两个时，哪里敢隐瞒。只得直说道："这人来时不见有风病，敢只是近日举发此症。"知府听了大怒，唤过牢子狱卒，把宋江捆翻，一连打上五十下，打得宋江一佛出世，二佛涅槃，皮开肉绽,鲜血淋漓。戴宗看了,只叫得苦,又没做道理救他处。宋江初时也胡言乱语,次后吃拷打不过,只得招道:"自不合一时酒后,误写反诗,别无主意。"蔡九知府明取了招状,将一面二十五斤死囚枷枷了,推放大牢里收禁。宋江吃打得两腿走不动。当厅钉了,直押赴死囚牢里来。却得戴宗一力维持,分付了众小牢子,都教好觑此人。戴宗自安排饭食,供给宋江,不在话下。

蔡九知府退厅,邀请黄文炳到后堂,称谢道:"若非通判高明远见,下官险些儿被这厮瞒过了。"黄文炳又道:"相公在上,此事也不可宜迟。只好急急修一封书,便差人星夜上京师,报与尊府恩相知道,显得相公干了这件国家大事。就一发禀道,若要活的,便着一辆陷车解上京;如不要活的,恐防路途走失,就于本处斩首号令,以除大害,万民称快。便是今上得知,必喜。"蔡九知府道:"通判所言有理,见得极明。下官即目也要使人回家送礼物去,书上就荐通判之功,使家尊面奏天子,早早升授富贵城池,去享荣华。"黄文炳拜谢道:"小生终身皆托于门下,自当衔环背鞍之报。"黄文炳就撺掇蔡九知府写了家书,印上图书。黄文炳问道:"相公差哪个心腹人去?"知府道:"本州自有个两院节级,唤做戴宗,会使神行法,一日能行八百里路程。只来早便差此人径往京师,只消旬日,可以往回。"黄文炳道:"若得如此之快,最好,最好!"蔡九知府就后堂置酒管待了黄文炳,次日相辞知府,自回无为军去了。

蔡九知府想那梁中书生辰纲连续两年被劫,皆因做的势大。太平车子也好,担子也罢,动辄十余,押解的少则十余人,着实招人耳目，方被那有心人劫了去。我需尽皆回避为上。思量已定，只安排两个信笼，打点了金珠宝贝玩好之物，上面都贴了封皮。

次日早晨，唤过戴宗到后堂，嘱咐道："我有这般礼物，一封家书，要送上东京太师府里去，庆贺我父亲六月十五日生辰。日期将近，只有你能干去得。你休辞辛苦，可与我星夜去走一遭，讨了回书便转来，我自重重地赏你。你的程途都在我心上，我已料着你神行的日期，专等你回报，切不可沿途担阁，有误事情！"戴宗听了，不敢不依。只得领了家书信笼，便拜辞了知府，挑回下处安顿了，却来牢里对宋江说道："哥哥放心！知府差我上京师去，只旬日之间便回，就太师府里使些见识，解救哥哥的事。每日饭食，我自分付在李逵身上，委着他安排送来，不教有缺。仁兄且宽心守奈几日。"宋江道："望烦贤弟救宋江一命则个！"戴宗叫过李逵，当面分付道："你哥哥误题了反诗，在这里吃官司，未知如何。我如今又吃差往东京去，早晚便回。牢里哥哥饭食，朝暮全靠着你看觑他则个。"李逵应道："吟了反诗打甚么鸟紧！万千谋反的倒做了大官。你自放心东京去，牢里谁敢奈何他！我好便好；不好，我使老大斧头砍他娘！"戴宗临行，又嘱付道："兄弟小心，不要贪酒，失误了哥哥饭食。休得出去噇醉了，饿着哥哥！"李逵道："哥哥你自放心去，若是这等疑忌时，兄弟从今日就断了酒，待你回来却开。早晚只在牢里伏侍宋江哥哥，有何不可！"戴宗听了大喜道："兄弟，若得如此发心，坚意守看哥哥，又好。"当日作别自去了。李逵真个不吃酒，早晚只在牢里伏侍宋江，寸步不离。

第十回 蓝桥酒与西江月

当时戴宗回到下处,换了腿绷护膝,八搭麻鞋,穿上杏黄衫,整了搭膊,腰里插了宣牌,换了巾帻,便袋里藏了书信、盘缠,挑上两个信笼,出到城外。身边取出四个甲马,去两只腿上每只各拴两个,肩上挑上两个信笼,口里念起神行法咒语来。飞奔东京而去……

第十一回
圣手生与玉臂匠

江州府。

蔡九知府刚刚升厅,神行太保戴宗便赶来,当厅下了回书。知府见了戴宗如期回来,好生欢喜,先取酒来赏了三钟,亲自接了回书,便道:"你曾见我太师么?"戴宗禀道:"小人只住得一夜便回了,不曾得见恩相。"知府拆开封皮,看见前面说:"信笼内许多物件都收了。"背后说:"妖人宋江,今上自要他看,可令牢固陷车盛载,密切差的当人员,连夜解上京师。沿途休教走失。"书尾说:"黄文炳早晚奏过天子,必然自有除授。"蔡九知府看了,喜不自胜,教取一锭二十五两花银,赏了戴宗。一面分付教合陷车,商量差人解发起身。戴宗谢了,自回下处,买了些酒肉来牢里看觑宋江,不在话下。

蔡九知府催并合成陷车,过得一二日,正要起程,只见门子来报道:"无为军黄通判特来相探。"蔡九知府叫请至后堂相见。又送些礼物时新酒果。知府谢道:"累承厚意,何以克当!"黄文炳道:"村野微物,何足挂齿,不以为礼,何劳称谢。"知府道:"恭喜早晚必有荣除之庆。"黄文炳道:"相公何以知之?"知府道:"昨日下书人已回。妖人宋江教解京师。通判荣任,只在早晚奏过今上,升擢高任。家尊回书,备说此事。"黄文炳道:"既是恁地,深感恩相主荐。那个人下书,真乃神行人也。"知府道:"通判如不信时,就教观看家书,显得下官不谬。"黄文炳道:"小生只恐家书不敢擅看。如若相托,求借一观。"知府便道:"通判乃心腹之交,看有何妨。"便令从人取过家书递与黄文炳看。黄文炳接书在手,从头至尾,读了一遍,卷过来看了封皮,又见图书新鲜。黄文炳摇着头道:"这封书不是真的。"知府道:"通判错矣!此是家尊亲手笔迹,真正字体,如何不是真的?"黄文炳道:"相公容复,往常家书来时,曾有这个图书么?"知府道:"往常来的家书,却不曾有这个图书来,只是随手写的。今番以定是图书匣在手边,就便印了这个图书在封皮上。"黄文炳道:"相公,休怪小生多言,这封书被人瞒过了相公。方今天下盛行苏、黄、米、蔡四家字体,谁不习学得。况今苏、黄、米皆已作古,哪个不习太师字体?哪个不知太师文字尤胜于王羲之,天下无出其右者?便是今上亦曾斥重金购得令尊提字之扇。况兼这个图书,是令尊府恩相做翰林大学士时使出来,法帖文字上,多有人曾见。如今升转太师丞相,如何肯把翰林图书使出来?更兼亦是父寄书与子,须不当用讳字图书。令尊府太师恩相,是个识穷天下学,览遍世间书,高明远见的人,安肯造次错用。相公不信小生轻薄之言，可细细盘问下书人，曾见府里谁来。若说不对，便是假书。休怪小生多言，只是错爱至厚，方敢僭言。"

蔡九知府听了，说道："这事不难。此人自来不曾到东京，一盘问便显虚实。"知府留住黄文炳在屏风背后坐地，随即升厅，公吏两边排立。知府叫唤戴宗有委用的事。当下做公的领了钧旨，四散去寻。

戴宗自回到江州，先去牢里见了宋江，附耳低言，将前事说了。宋江心中暗喜。次日，又有人请去酌杯，戴宗正在酒肆中吃酒，只见做公的四下来寻。当时把戴宗唤到厅上，蔡九知府问道："前日有劳你走了一遭，真个办事，未曾重重赏你。"戴宗答道："小人是承奉恩相差使的人，如何敢怠慢。"知府道："我正连日事忙，未曾问得你个仔细。你前日与我去京师，哪座门入去？"戴宗道："小人到东京时，那日天色晚了，不知唤做甚门。"知府又道："我家府里门前谁接着你？留你在哪里歇？"戴宗道："小人到府前，寻见一个门子，接了书入去。少顷，门子出来，交收了信笼，着小人自去寻客店里歇了。次日早五更，去府门前伺候时，只见那门子回书出来。小人怕误了日期，哪里敢再问备细，慌忙一径来了。"知府再问道："你见我府里那个门子，却是多少年纪？或是黑瘦也白净肥胖？长大也是矮小？有须的也是无须的？"戴宗道："小人到府里时，天色黑了。次早回时，又是五更时候，天色昏暗，不十分看得仔细。只觉不甚么长，中等身材，敢是有些髭须。"知府大怒，喝一声："拿下厅去！"傍边走过十数个狱卒牢子，将戴宗拖翻在当面。戴宗告道："小人无罪。"知府喝道：

第十一回 圣手生与玉臂匠

"你这厮该死！我府里老门子王公，已死了数年，如今只是个小王看门，如何却道他年纪大，有髭髯。况兼门子小王，不能勾入府堂里去，但有各处来的书信缄帖，必须经由府堂里张干办，方才去见李都管，然后达知里面，才收礼物。便要回书，也须得伺候三日。我这信笼东西，如何没个心腹的人出来，问你个常便备细，就胡乱收了？我昨日一时间仓卒，被你这厮瞒过了。你如今只好好招说，这封书哪里得来？"戴宗道："小人一时心慌，要赶程途，因此不曾看得分晓。"蔡九知府喝道："胡说！这贼骨头不打如何肯招！左右，与我加力打这厮！"狱卒牢子情知不好，觑不得面皮，把戴宗捆翻，打得皮开肉绽，鲜血迸流。戴宗捱不过拷打，只得招道："端的这封书是假的。"知府道："你这厮怎地得这封假书来？"戴宗告道："小人路经梁山泊过，走出那一伙强人来，把小人劫了，绑缚上山，要割腹剖心。去小人身上，搜出书信看了，把信笼都夺了，却饶了小人。情知回乡不得，只要山中乞死。他那里却写这封书与小人，回来脱身。一时怕见罪责，小人瞒了恩相。"知府道："是便了，中间还有些胡说。眼见得你和梁山泊贼人通同造意，谋了我信笼物件，却如何说这话。再打那厮！"

戴宗由他拷讯，只不肯招和梁山泊通情。蔡九知府再把戴宗拷讯了一回，语言前后相同，说道："不必问了。取具大枷枷了，下在牢里。"却退厅来，称谢黄文炳道："若非通判高见，下官险些儿误了大事！"黄文炳又道："眼见得这人也结连梁山泊，通同造意，谋叛为党。若不祛除，必为后患。"知府道："便把这两个问成了招状,立了文案,押去市曹斩首,然后写表申朝。"黄文炳道:"相公高见极明。似此,一者朝廷见喜,知道相公干这件大功;二乃却是免得梁山泊草寇来劫牢。"知府道:"通判高见甚远。下官自当动文书,亲自保举通判。"又分付和清带同执事人等,在后堂安排筵席。

这蔡九最善挥霍,不逊其父。那蔡京于饮食极为考究。初喜食鹌鹑羹,然只食鹌鹑舌,每一食羹即杀数百只鹌鹑,后得一梦,有数千鹌鹑诉于前,其一曰:"食君廪间粟,作君羹内肉。一羹数百命,下箸犹未足。羹肉何足论,生死犹转毂。劝君宜勿食,祸福相倚伏。"蔡京梦中惊醒,此后再不食之。后又迷食蟹黄,一日,集僚属会议,因留饭,命作蟹黄包子,略计其费,包子一味为钱千余贯。此后有士大夫于东京买一妾,自言是蔡太师府包子厨中人。一日,令其作包子,辞以不能。诘之曰:"既是包子厨中人,何为不能作包子?"对曰:"妾乃包子厨中缕葱丝者也。"由是可见一斑。有那江南西路筠州文僧,作《冷斋夜话》,多引苏轼、黄庭坚诸作论诗。内中有《蔡京试孙》一节:"蔡京诸孙,生长膏粱,不知稼穑。一日,京戏问之曰:'汝曹日啖饭,为我言米奚自?'其一对曰:'从臼里出。'京大笑。其一旁应曰:'非也,我见在席子里出。'盖京师运米以席囊盛之,故云。"令人唏嘘不已。更有甚者,当今天子赵佶曾七入蔡太师府用膳。那黄文炳所言赵佶重金购买蔡京题字之扇确有其事,时赵佶为端王。

知府亲自执杯劝酒,是江州有名的上色好酒玉壶春酒。知府又擎箸指点道:"此一道是虔州'炒东坡',通判才智堪比东坡,该当一试。"黄文炳忙道："相公谬赞，小生不敢！"蔡知府又道："这道'小乔白鸭'，当合通判心意。看这白肉如此，堪比小乔初嫁身姿。"黄文炳赔笑不迭。

蔡知府当日管待了黄文炳，送出府门，黄文炳乃自回无为军去了。

那些狱卒牢子眼见得戴宗被下在牢里，只道他是被蔡九冤屈。又都与他交好，纷纷来看视。戴宗只是不言。众人只道他苦得厉害，怎知其中确有因由。

原来那日戴宗奉知府之命，前往东京送家书并生辰纲。一路之上，晓行夜宿。这一日，正饥渴之际，早望见前面树林侧首一座傍水临湖酒肆。戴宗挑着信笼，入到里面，歇下信笼，解下腰里搭膊，道："我却不吃荤酒，有甚素汤下饭？"酒保道："加料麻辣煠豆腐如何？"戴宗道："最好，最好！"酒保去不多时，煠一碗豆腐，放两碟菜蔬，连筛三大碗酒来。戴宗正饥又渴，一上把酒和豆腐都吃了，却待讨饭吃，只见天旋地转，头晕眼花，就凳边便倒。酒保叫道："倒了。"只见店里走出一个人来，说道："且把信笼将入去，先搜那厮身边有甚东西？"便有两个火家去他身上搜看。只见便袋里搜出一个纸包，包着一封书，取过来递与那人，那人扯开，却是一封家书，见封皮上面写道："平安家书，百拜奉上父亲大人膝下，男蔡德章谨封。"那人便拆开从头看了，见上面写道："见今拿得应谣言题反诗山东宋江，监收在牢一节，听候施行。"那人看罢，惊得呆了，半晌则声不得。火家正把戴宗扛起来，背入杀人作坊里去开剥，只见凳头边溜下搭膊，上挂着朱红绿漆宣牌。那人拿起来看时，上面雕着银字，道是"江州两院押牢节级戴宗"。那人看了道："且不要动手。我常听的军师所说，这江州有个神行太保戴宗，是他至爱相识，莫非正是此人？如何倒送书去害宋江？这一段事却又得天幸耽住，宋哥哥性命不当死，撞在我手里。你那火家，且与我把解药救醒他来，问个虚实缘由。"火家把水调了解药，扶起来灌将下去。须臾之间，只见戴宗舒眉展眼，便扒起来，却见那人拆开家书在手里看。戴宗便叫道："你是甚人？好大胆，却把蒙汗药麻翻了我。如今又把太师府书信擅开，拆毁了封皮，却该甚罪！"那人笑道："这封鸟书打甚么不紧！休说拆开了太师府书札，便有利害，俺这里兀自要和大宋皇帝做个对头的！"戴宗听了大惊，便问道："足下好汉，你却是谁？愿求大名。"那人答道："俺这里行不更名，坐不改姓，梁山泊好汉旱地忽律朱贵的便是。"戴宗道："既然是梁山泊头领时，定然认得吴学究先生。"朱贵道："吴学究是俺大寨里军师，执掌兵权。足下如何认得他？"戴宗道："他和小可至爱相识。"朱贵道："亦闻军师多曾说来，兄长莫非是江州神行太保戴院长？"戴宗道："小可便是。"朱贵又问道："前者宋公明断配江州，经过山寨，吴军师曾寄一封书与足下。如今却倒去害宋三郎性命？"戴宗又说道："宋公明和我又是至爱弟兄，他如今为吟了反诗，救他不得。我如今正要往京师寻门路救他，我如何肯害他性命！"朱贵道："你不信，请看蔡九知府的来书。"戴宗看了，自吃一惊，却把吴学究初寄的书，与宋公明相会的话，并宋江在浔

第十一回 圣手生与玉臂匠

阳楼醉后误题反诗一事,都将备细说了一遍。朱贵道:"既然如此,请院长亲到山寨里与众头领商议良策,可救宋公明性命。"朱贵慌忙叫备分例酒食,管待了戴宗,便向水亭上,觑着对港放了一枝号箭。响箭到处,早有小喽啰摇过船来。朱贵便同戴宗带了信笼下船,到金沙滩上岸,引至大寨。晁盖听罢大惊,便要起请众头领,点了人马,下山去打江州。吴用谏道:"江州离此间路远,军马去时,诚恐因而惹祸,打草惊蛇,倒送宋公明性命。此一件事,不可力敌,只可智取。如今蔡九知府却差院长送书上东京去,讨太师回报。只这封书上,将计就计,写一封假回书,教院长回去。书上只说教把犯人宋江切不可施行,便须密切差的当人员解赴东京,问了详细,定行处决示众,断绝童谣。等他解来此间经过,我这里自差人下山夺了。"晁盖道:"好却是好,只是没人会写蔡京笔迹。"吴学究道:"吴用已思量心里了。如今天下盛行四家字体,是苏东坡、黄鲁直、米元章、蔡太师四绝。小生曾和济州城里一个秀才做相识,那人姓萧名让。因他会写诸家字体,人都唤他做圣手书生,吴用知他写得蔡京笔迹。"晁盖道:"书有他写,便好歹也须用使个图书印记。"吴学究又道:"吴用再有个相识,小生亦思量在肚里了。这人也是中原一绝,见在济州城里居住,本身姓金,双名大坚。开得好石碑文,剜得好图书玉石印记。因为他雕得好玉石,人都称他做玉臂匠。"众好汉计议一番。

次日,戴宗打扮做太保模样,拴上甲马,拽开脚步奔到济州去,以泰安州岳庙里要镌写碑文为由,将萧、金二人赚上梁山,入了伙。吴学究请萧让写了蔡京字体回书，金大坚雕了蔡京图书名讳字号。当时两个动手完成，安排了回书，备个筵席，便送戴宗起程，分付了备细书意。戴宗辞了众头领，相别下山至朱贵酒店里。戴宗取四个甲马，拴在腿上，作别朱贵，拽开脚步，登程去了……

　　送了戴宗过渡，众头领再回大寨筵席。吴用不免欣喜，对晁盖、萧让、金大坚等一众头领道："昔日李太白作《望庐山瀑布》是初登庐山，又登之时作《浔阳紫极宫感秋作》。而后，那李太白再至浔阳，便如宋公明今日一般，却遭受了牢狱之灾。"见那王矮虎等莽汉听得入神，吴学究独自饮了一杯，又道："那时玄宗李隆基之子永王掌浔阳，太白先生被邀出山辅佐。曾作《永王东巡歌》，留下'雷鼓嘈嘈喧武昌，云旗猎猎过浔阳'之句。却不想竟因'附逆永王'罪，被下浔阳狱中。又作《在浔阳非所寄内》，其诗曰：'相见若悲叹，哀声那可闻？'"席上圣手书生萧让与玉臂匠金大坚对视一眼，默不作声，不知军师何故言及此事，暗想：天王晁盖与江州宋江，谁个比做永王？吴用当自比做李白？然永王被擒杀，太白被流放，结局皆唏嘘。萧让不免在心中默念李白流放途中遇赦之作《经乱离后天恩流夜郎忆旧游书怀赠江夏韦太守良宰》，诗曰：

　　　　门开九江转，枕下五湖连。
　　　　半夜水军来，浔阳满旌旃。

第十一回　圣手生与玉臂匠

次日，蔡九知府升厅，便唤当案孔目来分付道："快教叠了文案，把这宋江、戴宗的供状招款粘连了，一面写下犯由牌，教来日押赴市曹斩首施行。自古谋逆之人，决不待时。斩了宋江、戴宗，免致后患。"当案却是黄孔目，本人与戴宗颇好，却无缘便救他，只替他叫得苦。当日禀道："明日是个国家忌日，后日又是七月十五日中元之节，皆不可行刑。大后日亦是国家景命。直待五日后，方可施行。"一者天幸救济宋江，二乃梁山泊好汉未至。蔡九知府听罢，依准黄孔目之言。

那王管营、赵差拨闻听，皆来看视宋江，两个嗟吁不已。

夜深人静，宋江悲怆不已。想起那日光景，心内不住声地呼喊："梁山呐！梁山！"

那日——宋江与张千、李万正走，只见前面山坡背后转出一伙人来。宋江看了，只叫得苦。来的不是别人，为头的好汉正是赤发鬼刘唐，将领着三五十人，便来杀那两个公人。这张千、李万唬做一堆儿，跪在地下。宋江叫道："兄弟！你要杀谁？"刘唐道："哥哥！不杀了这两个男女，等甚么！"宋江道："不要你污了手，把刀来我杀便了。"两个人只叫得苦："今番倒不好了。"刘唐把刀递与宋江。宋江接过，问刘唐道："你杀公人何意？"刘唐答道："奉山上哥哥将令，特使人打听得哥哥吃官司，直要来郓城县劫牢，却知道哥哥不曾在牢里，不曾受苦。今番打听得断配江州，只怕路上错了路道，教大小头领分付去四路等候，迎接哥哥，便请上山。这两个公人不杀了如何？"宋江道："这个不是你们弟兄抬举宋江，倒要陷我于不忠不孝之地，万劫沉埋。若是如此来挟我，只是逼宋江性命，我自不如死了！"把刀望喉下自刎。刘唐慌忙攀住胳膊道："哥哥！且慢慢地商量！"就手里夺了刀。宋江道："你弟兄们若是可怜见宋江时，容我去江州牢城，听候限满回来，那时却得与你们相会。"刘唐道："哥哥，小弟这话不敢主张。前面大路上有军师吴学究同花知寨在那里专等，迎迓哥哥，容小弟着小校请来商议。"宋江道："我只是这句话，由你们怎地商量。"

小喽啰去报，不多时，只见吴用、花荣两骑马在前，后面数十骑马跟着，飞到面前下马。叙礼罢，花荣便道："如何不与兄长开了枷？"宋江道："贤弟，是甚么话！此是国家法度，如何敢擅动！"吴学究笑道："我知兄长的意了。这个容易，只不留兄长在山寨便了。晁头领多时不曾得与仁兄相会，今次也正要和兄长说几句心腹的话。略请到山寨少叙片时，便送登程。"宋江听了道："只有先生便知道宋江的意。"扶起两个公人来，宋江道："要他两个放心，宁可我死，不可害他。"两个公人道："全靠押司救命！"

一行人都离了大路，来到芦苇岸边，已有船只在彼。当时载过山前大路，却把山轿教人抬了，直到断金亭上歇了。叫小喽啰四下里去报请众头领都来聚会。迎接上山，到聚义厅上相见。晁盖谢道："自从郓城救了性命，弟兄们到此，无日不想大恩。前者又蒙引荐诸位豪杰上山，光辉草寨，恩报无门。"宋江答道："小可自从别后，杀死淫妇，逃在江湖上，去了年半。本欲上山相探兄长一面，偶然村店里遇得石勇，捎寄家书，只说父亲弃世，不想却是父亲恐怕宋江随众好汉入伙去了，因此诈写书来唤我回家。虽然明吃官司，多得上下之人看觑，不曾重伤。今配江州，亦是好处。适蒙呼唤，不敢不至。今来既见了尊颜，奈我限期相逼，不敢久住，只此告辞。"

晁盖道："直如此忙？且请少坐。"两个中间坐了。宋江便叫两个公人只在交椅后坐，与他寸步不离。晁盖叫许多头领都来参拜了宋江，都两行坐下，小头目一面斟酒上来。先是晁盖把盏了，向后军师吴学究起，至白胜把盏下来。酒至数巡，宋江起身相谢道："足见弟兄们众位相爱之情！宋江是个得罪因人，不敢久停，只此告辞。"晁盖道："仁兄直如此见怪？虽然贤兄不肯要坏两个公人，多与他些金银，发付他回去，只说我梁山泊抢掳了去，不道得治罪于他。"宋江道："哥哥，你这话休题！这等不是抬举宋江，明明的是苦我。家中上有老父在堂，宋江不曾孝敬得一日，如何敢违了他的教训，负累了他？前者一时乘兴，与众位来相投，天幸使令石勇在村店里撞见在下，指引回家。父亲说出这个缘故，情愿教小可明吃了官司，急断配出来，又频频嘱付；临行之时，又千叮万嘱，教我休为快乐，苦害家中，免累老父怆惶惊恐。因此父亲明明训教宋江，小可不争随顺了哥哥，便是上逆天理，下违父教，做了不忠不孝的人在世，虽生何益。如哥哥不肯放宋江下山，情愿只就兄长手里乞死。"说罢，泪如雨下，便拜倒在地。晁盖、吴用等一齐扶起。众人道："既是哥哥坚意要往江州，今日且请宽心住一日，明日早送下山。"三回五次，留得宋江就山寨里吃了一日酒。教去了枷,也不肯除,只和两个公人同起同坐。

当日饮酒至晚。天王晁盖喝得大醉,有三阮扶去房里歇息。宋公明与吴学究秉烛夜谈许久,方才各自睡下。当晚住了一夜。

次日早起来,坚心要行。众头领挽留不住,安排筵宴送行,取出一盘金银送与宋江,又将二十两银子送与两个公人。就与宋江挑了包裹,都送下山来,一个个都作别了。吴学究和花荣直送过渡,到大路二十里外,众头领回上山去。

宋江自和两个防送公人取路投江州来……

第十二回
浸月亭与烟水亭

甘棠湖。

江州城内有一方圣水,乃是由庐山泉水注入而成。

东汉建安十三年,曹操率八十三万军兵南下,追赶刘备,虎视东吴。那时,江州一带名柴桑,为东吴属地,吴主孙权设行宫于此,封周瑜为左都督,程普为右都督,迎击曹军。周瑜故在城内景星湖中筑点将台,率水军日夜操练。又说是年美人小乔随夫至柴桑,此间留有小乔井、小乔巷、小乔胭脂山、小乔梳妆楼等诸般香艳去处。这不免惹得那江州子弟时常留连,口中感叹:"惜哉周郎风流,惜哉小乔国色。"那周瑜三十六岁而逝,恰是天罡之数,着实令人惜哉。

那程普时为江东十二虎臣之首,驻兵柴桑西隅,见有赤乌鸟群集军营上空,遂名其地为赤乌镇。后程普与周瑜挥师出击,联合刘备在赤壁大破曹军。因大捷而归,程普升荡寇将军。他仍回柴桑，驻赤乌，时见空中云物倍现妙相，以为祥瑞，旋又改名瑞昌镇。建安二十年，程普身故，葬桂林岗。程普在孙吴诸将中年龄最长，曾言"与周公瑾交，若饮醇醪，不觉自醉"。程普逝时年七十二岁，乃为地煞之数。后人遂言周、程为天罡地煞星。

唐朝元和后期，白居易先被贬为江州刺史，后追贬为江州司马。白居易在江州任职时在湖中建亭，取其《琵琶行》中"醉不成欢惨将别，别时茫茫江浸月"句，称为"浸月亭"。

唐朝长庆元年，李渤任江州刺史。李渤年轻时在庐山隐居读书，对故地江州感情颇深。时值大旱，庄田颗粒无收，朝廷仍按丰年征赋税，李渤上书陈奏："江州管田二千一百九十七顷，今年已旱死一千九百多顷。臣既上不副圣情，下不忍鞭笞黎庶，不敢轻持符印，特乞放臣归田。"朝廷下旨："江州所奏，实为诚恳，若不蠲容，实难存济，所诉逋欠并放。"乃免江州百姓赋税。其时江州多水患，而江州城出南门即景星湖，不利治水、不利出行。李渤以工代赈，募民筑堤——堤长七百步，南连山川岭，北接城南门，南北遂通。堤上筑桥，下通湖水，并安水闸，控调水位，兼有灌溉农田之利。江州百姓感念李渤截南陂筑堤，蓄水为湖，立斗门以蓄泄水势之德政，改湖名为甘棠湖，命堤为李公堤，命桥为思贤桥。

江州百姓常思前朝周公瑾，亦常念本朝周敦颐。

那是神宗熙宁末期，周敦颐至江州讲学，常游走甘棠湖、驻足浸月亭。周敦颐后来不幸染瘴疠而逝，其子周寿至江州为父守

第十二回 浸月亭与烟水亭

墓,于甘棠湖堤筑亭,取"山头水色薄笼烟,久客新愁长庆年"之句,而命亭为"烟水亭"。"山头水色薄笼烟"为唐人所作,那人亦曾作《寄白司马》:"三条九陌花时节,万户千车看牡丹。争遣江州白司马,五年风景忆长安。"

这周敦颐与江州亦渊源颇深:康定元年,二十四岁即出任洪州分宁县主簿。嘉祐五年,应邀造访书"自从九江罢纳锡"的同乡抚州临川人王安石。嘉祐六年,过江州,游庐山。嘉祐八年,作《爱莲说》。熙宁五年,辞官归隐庐山,将门前小溪命名"濂溪",定居濂溪书堂。熙宁六年,病逝于庐山濂溪书堂。其墓志铭曰:"吾后世子孙,遂为九江濂溪人。"故,后那周寿亦与父葬一处。

那日同游烟水亭时,宋江曾对张顺言道:"周寿与黄庭坚同僚,彼此友善。周寿乃周敦颐与蒲氏所生,这蒲氏之兄乃蒲宗孟。蒲宗孟任郓州知州时,梁山泊渔民聚众起义。蒲宗孟为治匪患,为政惨酷。其时偷鸡盗狗、跳篱骗马勾当者,亦皆断脚筋。"又感叹道:"蒲宗孟追随王安石变法,参与制定手实法,许民自言自实,其法利于百姓,亦是好官。但想那渔民反上梁山,必有因由。想那保正晁盖、学究吴用,哪个又不想过太平日子?"见张顺痴望湖面,默然不语,宋江再道:"今郓州知州唤做蔡居厚,就是这江州左近抚州人氏。此人初帅郓州时,梁山泊首领尚是那白衣秀士王伦,这人心术不正,语言不准,失信于人,有部众五百人离寨出降,怎料那蔡某竟悉数诛之。"张顺那时闻言,真个吃惊不小。几载之后，鄱阳诞下一人，大笔如椽，录下蔡氏杀降事，那人唤做洪迈。

张顺今日心焦，急步掠过这烟水亭去。童威、童猛兄弟两个齐齐抱拳道："张二哥。"张顺匆匆还礼，奔向前去。童猛忽地道："闻朱松日日挑灯夜读，必将成就一番功业。我弟兄两个空有一身蛮力，怎地学得他们！"童威苦笑不语。不过年余光景，那朱松果得中进士，被皇帝赵佶任为政和县尉，遂举家迁至那福建路建州去了。这政和县名乃是赵官家亲赐，那是政和五年。此时是政和七年。后来朱松生一子，朱森、朱松父子以身教之，使得其天下闻名，朱松之子唤做朱熹。

这张顺过李公堤，上思贤桥，桥上穆春、薛永道："几位兄长在苦等。"张顺急忙忙踏入浸月亭。

这甘棠湖是周瑜练兵场，这浸月亭是周瑜点将台。至南宋末年，江州也出了一个周公谨，那人姓周名密。周瑜主"王"，号令天下；周密主"言"，笔走龙蛇。周密为最早公布"宋江三十六人"身份者。其三十六人中，涉及江州事者十四人，内有四个，那时正在浸月亭中议事。

却是那日听闻宋江被押赴死囚牢，张顺急去寻戴宗商议，不想戴宗已被差往东京，又寻不到李逵，便来寻哥哥张横，又一发叫李俊、李立、童威、童猛、穆弘、穆春、薛永，共九条好汉，都到穆太公庄上，商议解救。一时怎有良策？张顺回江州城打探，约定时日,几人于甘棠湖中浸月亭内再聚首。

李俊正问彭修为父迁冢事,穆弘道:"我父亲一力操持,已然迁妥。彭修护棺椁,携其父所著《鄱阳集》,径回饶州去了。"李俊赞道:"生前身后,全忠仗义。得遇汝砺彭公,江州百姓之幸。"张横听了,默默不言。

忽见张顺抢入亭子来,众人急道:"宋公明哥哥如何?"张顺叹道:"仍下在死囚牢,现又拿了戴院长。"几人大惊,一时无措,坐立不安。着实无甚计谋,索性前去李立店中吃酒解忧。

临行前,李俊向亭侧一块"寿"字碑躬身一拜。江州百姓相传:吕洞宾曾任过浔阳县令。那时庐山有两个妖精善使双剑,剑峰指向浔阳城,城内瘟疫流行。吕洞宾便出手征服了那两只妖怪,将妖怪的宝剑收藏在一个宝匣中。妖孽既除,民可安生。吕洞宾亲手写了一个三尺多高的"寿"字,借以保佑浔阳百姓多福多寿。江州百姓遂于甘棠湖浸月亭内修起吕仙祠。据说,这吕仙祠很是灵验。吕仙手书那斗大个寿字,字体苍古,一笔九转,寓意九转成丹。"愿吕祖佑护宋江哥哥解除灾厄,得享天寿。"

次日,仍留童威、童猛弟兄守烟水亭,穆春、薛永两个守思贤桥,以防不测。李俊、穆弘、张横围亭中石桌而坐,李立摆下从酒店中带来的浑白酒和熟牛肉。李俊道:"各位兄弟有何良策?"穆弘道:"小弟自寻思,这江州自蔡九上下皆是贪滥之辈,可使些金银,去江州府上下打点,寻些解救之法。"李俊道:"蔡九家风如此。轻举妄作,穷极侈丽。想那蔡太师,身贵如此而贪益甚,俸禄银钱取多份,岂是小民所敢想?卖官鬻爵之猖狂,岂是银两能度量?街市小儿谣言道:三千索,直秘阁;五百贯,擢通判。你我知者生辰纲,不知者多矣!"穆弘道:"闻那蔡京每每焚香,皆先令密闭户牖,以数十香炉烧之,俟香烟满室,方卷帘,其香蓬勃,如雾缭绕庭际。且得意曰:'香须如此烧,方有气势。真极尽奢靡之能。'"正说之间,张顺抢入,叫道:"诸位哥哥勿慌。小弟探得,当厅黄孔目与戴院长交好,劝得那酒肉知府直待五日后行刑。"几人立时大喜,先各吃了一碗酒下去。

"五日后又当如何?"张横问道。见众人不语,穆弘先自吃了一碗酒道:"小弟昨夜思量了,便去劫那法场。"李俊道:"日前我曾思量要去劫牢,如今更好。只是劫了法场,要累了你那穆家庄。"穆弘道:"你我兄弟结义,自死一处,但凭众位哥哥。"张横、张顺齐齐称是。李俊道:"你我兄弟称霸江州。及时雨宋公明江湖传颂,若在江州丢了性命,岂不惹天下好汉耻笑。"众人纷纷称是,又吃一碗酒下去。张顺问道:"劫了法场,却往何处去?"李俊道:"这个我已思量了,便去那好山好水的去处扎寨。学那晁盖,做个天王。"众人道:"都去都去,同死同生。"

张横问道:"却投何处?那龙虎山最是有名,如何?"穆弘接道:"李大哥呼做混江龙,童威唤做出洞蛟,童猛叫做翻江蜃,薛永又做病大虫,岂不正应了龙虎?"李俊道:"这代张天师乃是第三十代,名叫张继先,灵心慧性,颖悟绝伦,九岁嗣教。十一岁时,应诏赴阙,当今皇帝问长生不老之术,天师回道:'此野人之事，非人主所宜嗜。但清净无为，便可同符尧舜。'两年后，御赐号'虚靖先生'，方年十三岁。真神人也。"张顺便接道："又闻那赵官家问本朝国运，张天师只说：赤马红羊之兆，请修德。却不知何意？"张横、穆弘茫然不解。李俊叹道："人生固有命，物生固有定。"四人又吃了一碗酒，李俊又道："嘉祐三年时，仁宗皇帝在位，瘟疫盛行，军民涂炭。皇帝宣请龙虎山第二十六代天师张嗣宗赴阙来朝，祈禳瘟疫。天师时年八十，却貌若童颜，号'虚白先生'。"张顺又接道："弟兄们可曾听闻江湖传言，正是这次宣请天师，那弄权奸臣胡乱发威，放还了龙虎山'伏魔之殿'经传十代天师封锁的魔王。说是那殿内镇锁着三十六员天罡星，七十二座地煞星，共是一百单八个魔君。"众人听罢皆不语。李俊沉吟半晌道："龙虎山乃张天师洞天，不敢惊扰，恐折了天寿。况那里地处信州，于路奔波，恐有不测。"

穆弘听了说道："何不去小孤山，张大哥原是长于那里。"张横笑道："这个最好。"张顺接道："那里是鄱阳湖中孤岛。那周瑜曾在此练军，后出湖口破曹军。是个好去处，然恐易守也易攻！"众人称是。

李俊又自肚里寻思了一番，沉声道："石钟山。"众人道："便投那里。"

那石钟山地处江州府湖口县，立于长江之岸，鄱阳湖滨，号称"江湖锁钥"，乃一险要去处，自古为军事要塞，属易守难攻之所，是故混江龙李俊择此安身。

先有李渤的《辨石钟山记》，后有苏轼的《石钟山记》，令此山名扬天下。

那是元丰七年,苏轼在石钟山下,送长子苏迈往饶州赴任。别后一载,苏迈娶妻石氏。又一载,石氏生子苏符。后苏符提举江州太平观。此苏氏一门三代与江州之水之缘,与钟山之石之分也。

若江湖上、绿林中,得知石钟山上有几筹好汉落草,不知会做何感想?

第十三回
蒙汗药与蒙汗药

十余载前,正是今上登基之初,时为崇宁二年。

佞贼蔡京得宠,反污苏东坡、黄庭坚诸良臣为奸党,是为"元祐党",先列百余人,次年至三百九人,朝野哗然。皇帝赵佶御笔亲书而后刊之于石,诏蔡京书之,将以颁之天下,是为《元祐党籍碑》。

行文至江州,引出一桩事来。

江州第一个善刻碑文的,姓李名仲宁。

那时,雕镌艺苑中,人称南北二绝,南为江州李家,北为济州金家。

这李仲宁玉臂非凡,开得好碑文,雕得好玉石。因爱玉石至深,遂仿黄庭坚"山谷道人"号,自号为"玉碎道人"。黄庭坚爱其为人,亲题其居曰"琢玉坊"。

时任江州知府接了朝廷诏书,急慌慌使李仲宁刻之。这李仲宁看罢元祐党籍姓名，凛然回道："小人家旧贫窭，止因开苏内翰、黄学士词翰，遂至饱暖。今日以奸人为名，诚不忍下手。"知府惊异之余，道："贤哉！士大夫之所不及也。"遂置酒相待，任他去了。然皇命不可违，遂使他人刻之。

未料，这事被蔡京置于江州的爪牙告密，那知府被调任，李仲宁遭下狱至死。

那告密人出身名门，姓韩，排行第四，人都叫他韩四郎，也会刺枪使棒，唤做铁僧韩四郎。这韩铁僧本可凭借家族有所作为，然自思家势不比从前，再者弟兄众多，一时难以出众。遂甘愿委身蔡京门下，置于此间。

崇宁四年，那韩铁僧奉命赴东京，却不得见蔡京，只得从蔡府门子王公手中接过奖赏，又回江州。

途经揭阳岭，那李家侄儿一众少年人等，以名唤李立的为首，拦岭截杀韩四郎，终得报冤仇。李立勇猛，刀断铁僧贼首，众儿郎遂呼其为"催命判官"。

时值新任知府未到，韩铁僧忽地身亡，蔡京自是不知，时日一久，便忘却了此人。世事难料，那韩四郎有两个妹妹，日后长成，皆嫁与蔡京第四子蔡绦。这蔡四郎颇能诗书词赋，自号得文，后果有笔记遗世。韩铁僧又有一弟弟，唤做韩楫，后蒙蔡京、蔡绦父子庇护，直任到户部侍郎。

揭阳岭，因背靠颠崖之故，从未如此热闹过。

催命判官李立抱着臂膊在门前窗槛边，心中寻思道："那时便宜行事,假借酒店以掩身杀贼。怎知十余载,真个被这世道迫得做私商道路。"收回思绪,李立注视着从店前路过的众人。

先是四个弄蛇的丐者。

走在前面的三个,容貌有些相似,都敞着胸膛,其中一个鬓边插朵石榴花,露出胸前刺着的青郁郁一个豹子来。虽是丐者打扮,亦看得出乃是刺枪使棒之人。

走在后面的汉子,口里边唱着,边走过岭脚来。李立细听时,唱的是:

赤日炎炎似火烧,野田禾稻半枯焦。
农夫心内如汤煮,楼上王孙把扇摇。

李立眼见得那四条汉子下岭子去了。

再来一伙使枪棒卖药的。

约莫二三十人,为头的四个。内中两个身材长大。有一个生得黝黑,鬓边一搭朱砂记,上面生一片黑黄毛。又有一个赤发黄须,相貌异于常人。

李立盯着看,那黑汉恶狠狠地瞪了他一眼。李立佯装着看别处。

瞄见这四条汉子又下岭子去了。李立心中暗道:"这些都不是江州江湖上的好汉。"

"穆家兄弟，"听得李立叫唤，扮做火家的穆春从店内转出来，"兄弟速回穆家庄报知你哥哥和李大哥，有众多好汉来江州了，应是为宋江哥哥而来。"穆春应声奔下岭去。

又有一伙挑担的脚夫走将过来。

也是二三十人，为头的也是四个。

走在前面的身高八尺来长，淡黄骨查脸，一双鲜眼，没根髭髯。

中间两个，一人五短身材，形貌峥嵘；一人白净面皮，清秀模样。

见了酒店，那五短汉子回身问道："哥哥，买碗酒吃了去？"

后面那人停下脚步，定睛看向李立。

身后挑担的脚夫们齐齐停下脚步。

李立此时也看得清楚，这条汉子生得身材长大，貌相魁宏，双拳骨脸，三丫黄髯。

"也好。"那汉道。

那三条汉子闻言，竟奔入店内来。

李立见三个来到门前，便站起身来迎接。

那几十个挑担的脚夫，放下担子，在店外自寻坐处，吃自带的烧饼、白酒。

那貌相魁宏的汉子，背叉着手，缓缓踱进店来。

四个人入到里面，在一副柏木桌凳座头上，那貌相魁宏的

第十三回　蒙汗药与蒙汗药

汉子先背向灶上坐了。李立看着四个人唱个喏道："拜揖！客人打多少酒？"那鲜眼无髯的汉子把根短棒倚着桌子边，便焦躁道："好酒好肉，只顾卖来。"李立道："小店只有浑白酒和熟牛肉。"那汉道："酒只顾烫来，肉便切三五斤来。"李立道："客人休怪。我这里卖酒，只是先交了钱，方才吃酒。"那汉跳起来，尚未开口，见那貌相魁宏的汉子摆了摆手，便又喘着坐下了。那白净面皮的汉子便去打开包裹，取出些银子。李立接了，便去里面舀一大桶酒，切两盘牛肉出来。放下四只大碗，四双箸，立着筛酒。那貌相魁宏的汉子道："主人家，你再切些肉来与我等过口。"李立知他有意支开自己，道声"客人慢用"自去了。

李立见那鲜眼无髯的汉子目露凶光。那五短身材、形貌峥嵘的汉子，一看便是个贪财好色、放火杀人之辈。他们挑那许多担子，是何来处，莫非是生辰纲？莫非是那酒肉知府为东京蔡太师生辰搜刮江州百姓的？

李立寻思到此，入里面去分付火家，再切一盘牛肉，并舀一小桶酒。他自去灶上取了一包蒙汗药，酒肉中都下了去，这才分付火家端去。李立便立在里面看着。

那五短身材的汉子接了酒桶，便向大碗里筛酒。那貌相魁宏的汉子摆手道："酒保，热吃一碗也好。"火家道："客人要热吃，我去烫将便来。"心中自忖道："这几个正是该死。倒要热吃，这药却是发作得快。"火家把酒烫得热了，把将过来筛做四碗，转身入里面去。

挨到火家进来，李立又见那貌相魁宏的汉子站起身来，拿过包裹，看了看，又放下。李立定睛再看时，其余几人已吃了酒，放下大碗来。不知哪个口中把舌头来咂道："好酒！"

李立心里暗道："饶你奸似鬼，吃了判官的洗脚水。"只待那四个一倒，便命几个火家赶散脚夫，夺了担子。

却为何不将众脚夫一并麻翻？

李立多曾分付火家道：三等人不可坏他。

第一等是庄家田户。

他们早出暮归，人牛力尽，广种薄收，苗疏税多，一年终了，糊口尚难。

唐朝宝历元年任江州刺史的李绅有《悯农》诗二首，可见其苦。

其一：

> 春种一粒粟，秋收万颗子。
> 四海无闲田，农夫犹饿死。

其二：

> 锄禾日当午，汗滴禾下土。
> 谁知盘中餐，粒粒皆辛苦。

第二等是脚夫车家。

他们供人驱使,不论严寒酷暑,不问南山北岭,无不向前,吃了多少辛苦才得来钱物。

第三等是行院妓女。

他们流落江湖,逢场作戏,屈辱偷生,赔了多少小心才得来钱物。

这三等人全是苦楚之人。若还结果了他,岂该是我等江州好汉所为?

等了半晌,只见那鲜眼汉子和五短身材汉子把手去盘里抓起牛肉来都吃了,四人起来,提短棒在手,丢了碎银在座头,提了包裹在身上,出店去了。

李立从里面赶将出来,立在店门前看。

四人唤了众脚夫,挑起担子下岭去了。

李立在那里看。

眼见得那伙人就要离了揭阳岭,突见那貌相魁宏的汉子回过身来,向李立唱个喏。

李立一时怔住。

那人笑着转身,赶着众人直下岭去了……

李立呆立良久。

李立转入店里,见那座头上:一盘熟牛肉吃了,一盘未动。那大桶酒吃了,小桶尚有大半。小桶的四碗酒,三碗吃了,一碗未动。

李立自语道:"眼见得吃了四碗热酒下去。"

仔细看时,原来是把那酒都泼在桌下了。

李立端起那汉的大碗来看时,却见桌上碗底处有一撮细末,用手捻来鼻下闻时,吃了一惊——

却是蒙汗药。

李立是个中行家,知这包麻药药性猛烈过自家的。

李立不禁暗道:"此人真行家,手段又在我之上,又不揭破,真乃好汉。"

李立立在那里寻思了半晌,交待火家好生盯住往来经过人等,扎起衣服,下了揭阳岭,直奔穆家庄……

没一盏茶时,又见一伙客商巴过岭头来。

五六十个伙计,推数辆车子,为头的五个。其中一人身上隐隐透出王者之风。有一人擎着一口丧门剑。另外三个长得清秀俊俏,不像那风餐露宿之人。那三个人中一人穿一身白,一人穿一身红,更有一人携弓带箭……

第十四回

法场与道场

江州法场。

十字路口。

江州府看的人，真乃压肩叠背，何止一二千人。

都来看那结连梁山泊强寇的犯人问斩。

这日早晨，蔡九知府先差人去十字路口打扫了法场。饭后，点起土兵和刀仗剑子，约有五百余人，都在大牢门前伺候。已牌已后，狱官禀了，知府亲自来做监斩官。黄孔目只得把犯由牌呈堂，当厅判了两个斩字，便将片芦席贴起来。江州府众多节级牢子，虽是和戴宗、宋江过得好，却没做道理救得他，众人只替他两个叫苦。当时打扮已了，就大牢里把宋江、戴宗两个匫扎起，又将胶水刷了头发，绾个鹅梨角儿，各插上一朵红绫子纸花。驱至青面圣者神案前，各与了一碗长休饭，永别酒。吃罢，辞了神案，漏转身来，搭上利子，六七十个狱卒，早把宋江在前，戴宗在后，推拥出牢门前来。宋江和戴宗两个，面面厮觑，各做声不得。宋江只把脚来跌，戴宗低了头，只叹气。

蔡九知府昨夜已和黄文炳商定了，将江州府兵马分做三路：

一路由知府蔡德章带领，去法场行刑。

一路由团练使黄全带领，去城边驻守。见到那可疑的江湖人等便做梁山泊强寇先行拿了。

一路由捕盗官应全带领，留府中待命。

刽子叫起恶杀都来，将宋江和戴宗前推后拥，押到市曹十字路口，团团枪棒围住。把宋江面南背北，将戴宗面北背南，两个纳坐下，只等午时三刻监斩官到来开刀。那众人仰面看那犯由牌，上写道：

江州府犯人一名宋江，故吟反诗，妄造妖言，结连梁山泊强寇，通同造反，律斩。

犯人一名戴宗，与宋江暗递私书，结勾梁山泊强寇，通同谋叛，律斩。

监斩官江州府知府蔡某。

知府勒住马，只等报来。

只见法场东边一伙弄蛇的丐者，强要挨入法场里看，众土兵赶打不退。正相闹间，只见法场西边一伙使枪棒卖药的，也强挨将入来。土兵喝道："你那伙人好不晓事！这是哪里，强挨入来要看？"那伙使枪棒的说道："你倒鸟村！我们冲州撞府，哪里不

第十四回 法场与道场

曾去！到处看出人。便是京师天子杀人，也放人看。你这小去处，砍得两个人，闹动了世界。我们便挨入来看一看，打甚么鸟紧！"正和土兵闹将起来。监斩官喝道："且赶退去，休放过来！"闹犹未了，只见法场南边一伙挑担的脚夫，又要挨将入来。土兵喝道："这里出人，你担哪里去？"那伙人说道："我们是挑东西送知府相公去的，你们如何敢阻当我？"土兵道："便是相公衙里人，也只得去别处过一过。"那伙人就歇了担子，都擎了扁担，立在人丛里看。只见法场北边一伙客商，推两辆车子过来，定要挨入法场上来。土兵喝道："你那伙人哪里去？"客人应道："我们要赶路程，可放我等过去。"土兵道："这里出人，如何肯放你？你要赶路程，从别路过去。"那伙客人笑道："你倒说得好。俺们便是京师来的人，不认得你这里鸟路，哪里过去？我们只是从这大路走。"土兵哪里肯放。那伙客人齐齐的挨定了不动。四下里吵闹不住，这蔡九知府也禁治不得，又见那伙客人都盘在车子上，立定了看。

没多时，法场中间，人分开处，一个报，报道一声："午时三刻。"监斩官便道："斩讫报来！"

那两个刽子，戴宗却识得。一个唤做高二郎，一个唤做和二郎和沙。这和沙是此间江州城里人，共是弟兄三个，有个弟弟和清见在蔡九府中做执事主管。

两个齐齐施礼，两势下刀棒刽子便去开枷。

行刑之人执定法刀在手。那和沙道："戴院长，切勿怪罪！"

眼见那行刑刽子和沙擎起鬼头靶法刀来，戴宗不知何故，心念一动,胡思乱想起来——

故宋时,各州府两院押牢节级多兼充行刑刽子。戴宗闻得几人名号:蓟州两院押狱兼充市曹行刑刽子称做病关索杨雄,大名府两院押狱兼充行刑刽子呼为铁臂膊蔡福。自己因有这神行法,被委以赍书飞报紧急军情事,若亦兼充刽子,此时却是何等景象?

妄想之时,耳畔传来一阵急促的锣声。

却是那伙客人在车子上听得斩讫,数内一个客人,便向怀中取出一面小锣儿,立在车子上,当当地敲得两三声,四下里一齐动手,众人一齐发作。

又见十字路口茶坊楼上,一个虎形黑大汉,脱得赤条条的,两只手握两把板斧,大吼一声,却似半天起个霹雳,从半空中跳将下来。手起斧落,早砍翻了两个行刑的刽子,便望监斩官马前砍将来。众土兵急待把枪去搠时,哪里拦当得住。众人且簇拥蔡九知府,逃命去了。

蔡九逃回府中,暗道幸好点差了那黄全驻守城边,正可将这干强寇围在城中。又急命留守府中的新任捕盗官应全急领着官兵,前去法场擒拿强寇。

此时法场之上,只见东边那伙弄蛇的丐者,身边都掣出尖刀,看着土兵便杀。西边那伙使枪棒的,大发喊声,只顾乱杀将来,一派杀倒土兵狱卒。南边那伙挑担的脚夫,轮起扁担,横七竖八,都打翻了土兵和那看的人。北边那伙客人,都跳下车来,推过车子,拦住了人,两个客商钻将入来,一个背了宋江,一个背

第十四回 法场与道场

了戴宗。其余的人,也有取出弓弩来射的,也有取出石子来打的,也有取出标枪来标的。原来扮客商的这伙,便是晁盖、花荣、黄信、吕方、郭盛。那伙扮使枪棒的,便是燕顺、刘唐、杜迁、宋万。扮挑担的,便是朱贵、王矮虎、郑天寿、石勇。那伙扮丐者的,便是阮小二、阮小五、阮小七、白胜。敲锣的是晁盖,射箭的是花荣,打石的是燕顺,标枪的是宋万。

原来是:当日戴宗下山后,吴用言罢"李白下狱浔阳"一事后,见萧让、金大坚二人默然不语,不免沉思。只是片刻之间,突然道:"是我这封书,倒送了戴宗和宋公明性命也。"众头领大惊,连忙问道:"军师书上却是怎地差错?"吴学究道:"是我一时只顾其前,不顾其后,书中有个老大脱卯。"萧让便道:"小生写的字体,和蔡太师字体一般,语句又不曾差了。请问军师,不知哪一处脱卯?"金大坚又道:"小生雕的图书,亦无纤毫差错,怎地见得有脱卯处?"吴学究道:"你众位不知,如今江州蔡九知府,是蔡太师儿子,如何父写书与儿子却使个讳字图书?因此差了。是我见不到处。此人到江州,必被盘诘,问出实情,却是利害。"晁盖道:"快使人去赶唤他回来,别写如何?"吴学究道:"如何赶得上。他作起神行法来,这早晚已走过五百里了。只是事不宜迟,我们只得恁地,可救他两个。"晁盖、吴用当场计议了,众多好汉得了将令,各各拴束行头,分做四伙,连夜下山,望江州来……这一行,梁山泊共是十七个头领到来,带领小喽啰一百余人,四下里杀将起来。

只见那人丛里那个黑大汉,轮两把板斧,一味地砍将来。

晁盖等却不认得，只见他第一个出力，杀人最多。晁盖猛省起来："戴宗曾说，一个黑旋风李逵，和宋三郎最好，是个莽撞之人。"晁盖便叫道："前面那好汉，莫不是黑旋风？"那汉哪里肯应，火杂杂地轮着大斧，只顾砍人。晁盖便教背宋江、戴宗的两个小喽啰，只顾跟着那黑大汉走。当下去十字街口，不问军官百姓，杀得尸横遍野，血流成渠，推倒撷翻的，不计其数。

十字路口法场边的一间屋里。一个粉妆玉琢的女童惊得大哭起来，旁边一个老汉急急一只手捂了他口儿，一只手遮盖他眼儿。良久，那孩子才安静下来。

这老儿姓芷，世代生长于江州，膝下只有个女儿，几年前远嫁他乡，只留两口儿在江州生活。

后那女婿做了青州清风寨文知寨，夫妻两个生了个女儿。但那丈夫偏不喜女童，一心想有个儿子，一来传宗接代，二来光宗耀祖。故此一向胸中没有好气，镇日价对这小童横眉怒目。那芷氏无奈，纵是万般不忍，仍将小女儿送到江州，由这老夫妻抚养。

后来，那知寨多行不仁的事，残害良民，贪图贿赂，乱行法度，无所不为，那知寨连累芷氏在内，一家老小尽被强人杀了。幸得这小童远在江州，逃过一劫。那老妇人闻得自家女儿被害，急火攻心，也跟着去了！

今日又有强人血洗州城，幸得芷老汉带着这女童紧闭门户，又躲了过去。这老儿感叹浔阳江水护佑之恩，又因这娃儿生于夜

第十四回 法场与道场

间,便让小童随了己姓,取个名字唤做芷汐。

多年以后,这女童长大成人,生得如母亲一般:

> 不施脂粉,自然体态妖娆;懒染铅华,生定天姿秀丽。云鬟半整,有沉鱼落雁之容;星眼含愁,有闭月羞花之貌。姿色惊人,艳绝江州。

这老汉虽不通文墨,却懂这冤仇可解不可结,又知当今世道善恶难分,更兼不忍孙女思报父母之仇,日夜吞声饮泣,珠泪偷弹。故而老汉至死不肯透露芷汐身世,姑娘心中无怨无恨,一生落得平静快活……

梁山众头领撇了车辆担仗,一行人尽跟了黑大汉,直杀出城来。背后花荣、黄信、吕方、郭盛,四张弓箭,飞蝗般望后射来。那江州军民百姓,谁敢近前。这黑大汉直杀到江边来,身上血溅满身,兀自在江边杀人,百姓撞着的,都被他翻筋斗都砍下江里去。晁盖便挺朴刀叫道:"不干百姓事,休只管伤人!"那汉哪里来听叫唤,一斧一个,排头儿砍将去。

因这宋公明,江州城内外横尸。上番有此惨状,尚是开宝九年四月,太祖武德皇帝一条杆棒等身齐,打四百座军州都姓赵,独江州据城不降。牙校宋德明等率众苦守数月,比及城破,杀宋德明,继而屠城。军官百姓,尸横遍野……

二十余载后,那悍将兀术率金军自黄州来袭,时知江州的是蔡京的第四个儿子、无为子蔡绦妻舅，名唤韩梠。这韩知州闻金人至，抛下江州百姓，弃城而去……

宋公明怎知：数百年后，又有一场恶战，血染浔阳江口。乃是广南路上有人起兵造反，为首者称"天王"，占了江南多处府城。朝廷调派那自言"治民之才，不外公、明、勤三字。当今之世，富贵无所图，功名亦断难就。人我之际，须看得平；功名之际，须看得淡"的当世"名将"率数万官军征讨。九江一役，官军几乎全军覆没，那"名将"欲投浔阳江自尽。后有施姓文人撰书记之，言那尽屠官军的反王，本为书吏，自号小宋公明。而那"名将"又有门人姓李，祖上从江州迁至庐州，至这一代成就大业。他们与此时的宋江、李俊何其纠缠也？

那时众好汉跟着李逵向前，约莫离城沿江上也走了五七里路，前面望见尽是滔滔一派大江，却无了旱路。晁盖看见，只叫得苦。

潭州境内，新到一班人马，乃是大理派遣至宋朝贡的进奉使团。这陪同赴京的为首一人，姓黄名璘，现任广州观察使。这黄观察安顿好一众使臣，单独一身，在后堂见了一人。那人是本族黄全，自江州来。

却是何故？

原来事关当朝太师蔡京，自当小心为上。

此事源起大理。当朝皇帝赵佶登基八载后，大理皇帝段正淳禅位为僧，传位与子段和誉。段和誉在位又八载，时为赵宋政

第十四回 法场与道场

和六年，谋求归宋。广州观察使黄璘得报，随即转奏朝廷，天子赵佶迅即下诏黄璘置局相待。大理遂派遣进奉使臣一干人等北上朝贡。赵佶诏令黄璘陪同赴京。其所经行，令监司一人主之。这监司官乃是蔡太师亲信。自蔡京任太师，赵佶日加骄奢淫逸，此前蔡京言宫城狭窄当扩建，赵佶便命蔡京建新延福宫。蔡京借机任用己党。政和三年春，新延福宫成，长度几与大内同，叠石为山，凿海为池，疏泉为湖，满布奇花异木，遍养珍禽异兽。皇帝赵佶亲书《延福宫记》，由画学弟子希孟刻石竖碑以记之。蔡太师于此中颇得各州府益处。此番大理来朝，蔡京并未上心，今见圣上诏令其由广州而上，忽地想起可使九子德章建些功劳，遂荐延福宫监造官中一善媚者，名唤韩柎，为此行监司。一行人取道出荆湖南，由邵州至鼎州而赴京。因蔡太师曾面授机宜，那监司便于途中改换行程，路经潭州。这黄璘正是潭州人氏。此番衣锦还乡，回归故里，乡中故旧、父老亲戚，都来迎接。黄璘不免得意一番。忽地随从来报："江州黄全求见。"黄璘顿感诧异，急请至后堂。

黄全急急上前施礼。黄璘道："贤侄怎地忽然前来？"这黄璘、黄全本是同宗，亦算叔侄。黄全回道："上禀大人，是江州蔡知府命下官前来，特地请大人同大理使臣往江州一行，以彰显我大宋风物。"黄璘闻言，不禁作难，向黄全道："此番还乡，已误了行程，若至江州，定然延迟赴京时日，岂不违了皇命！"黄全亦觉不妥，心中疑道："这蔡知府怎地不晓这个道理。"他二人怎知，这恰是蔡京给蔡九铺就的道路。黄璘、黄全叔侄两个一别数载，今日重逢，相谈甚欢。黄璘道："记得吾儿黄晖、黄昨，与你弟兄两个年龄相仿。"黄全悲上心头，告道："弟弟已命丧他乡，乞求观察使大人相助，还我兄弟公道。"黄璘叹息不已。这黄观察亦忽地醒悟，不可在潭州逗留，免得落下口舌，随即整队北上。那韩监司虽怒却不敢言，抵京后，遭蔡太师斥责一番。韩棝思虑良久，将两个妹妹一并嫁与蔡太师第四子蔡绦，故又得宠。这黄全径回江州。

"去岁自潭州回来，被这蔡知府好一通训斥。闻得今年二月间，那大理使臣抵达京师，献上诸般贡物。官家大喜，已封大理国主段和誉为云南节度使、大理国王，亦封赏黄璘，我那同族兄弟黄晖、黄昨皆迁官。如此甚好！有他等在朝，今日报仇不得，他日定然得报。"

黄全忽地心乱不已，又寻思道："梁山贼人真个会来救宋江？若是来了，一并拿了，为兄弟报仇。若是不来，斩得宋江，也有本团练的功劳。"

当年，黄安、黄全兄弟二人双双任了团练使，黄安在济州，黄全在江州。黄全爱黄庭坚，恰任江州，欢喜得很，遂取其诗为己号，其诗曰：

百里弃疆王自直，万金损费物皆春。
须令牧马甘逾幕，更遣弯弓不射人。

黄全遂自号为"牧马人"，要一人一马，一刀一枪，在江州博

第十四回 法场与道场

出个功名来,早晚兄弟团聚,图个双双光宗耀祖。却未料兄弟黄安因追捕生辰纲强人而丢了性命……

黄全寻思间,忽听得西边一阵喊杀之声,转头看时,却见官兵阵脚大乱。

却是一伙人执钢叉、朴刀,杀入官兵丛中。官军中有人认得的,便对黄全说道:"那一个是揭阳岭酒店的酒家,叫做催命判官李立。"原来正是穆弘、穆春、薛永、李立,带十数个庄客杀来。黄全急命随同的新任捕盗官上前迎敌。那捕盗官姓战名九朝,被人叫做"占鹊巢"。他见众人庄客打扮,又不骑马,哪放在心上,抖一杆五股叉,上前便刺。那伙人为头的一条大汉,暴喝一声"穆弘在此!"一跃而起,一朴刀将那捕盗官战九朝砍于马下。身后众庄客齐呼:"没遮拦!"众官兵大惊,一时怔住,穆春、薛永等一拥而上,杀将过来,顿时血肉横飞。

黄全舞留客住,拍马上前督战,却听东边又是一阵躁动。

见是一伙人都各执枪棒,只顾乱杀将来。原来是李俊、张顺、童威、童猛,带十数个卖盐火家。眼见官兵又被冲散,黄全转回身,大叫道:"有拿得贼首者,蔡九知府重赏。"正叫喊间,却见一鱼叉迎面飞来,黄全急急翻身勒马躲闪。那叉正中马尾,鲜血迸流,那马吃痛,往斜刺里便逃。出洞蛟童威见黄全着了自己的鱼叉,向后方逃去,便大叫:"休要走了马上那厮。"众好汉呐声喊,杀上前来。

江州官兵安稳多时,许久未经战阵,此时一片大乱,无人肯出力上前,纷纷四散逃去。黄全眼见如此,心中一时慌乱,便只顾拍马向前,只听得身后传来杀声阵阵。

黄全慌不择路,逃至一处,见滔滔大江,拦住去路,正是浔阳江边。

听后面时,那杀声渐近。危急之际,只见芦苇丛中,忽地摇出一只船来。黄全见了,便叫:"梢公,且把船来。"那梢公问道:"你是甚么人?"黄全道:"休要多问,你快把船来渡我。"那梢公把船便放拢来到岸边。黄全连忙跳下船去,正欲拉马,那梢公道:"我不渡畜生。"黄全正欲发作,听得杀声更近,便将那马弃了。那梢公撑开了船,把橹一摇,那只小船早荡在江心里去。"终是脱了这伙强寇!"黄全心下正喜,见那梢公放下橹,说道:"你这个撮鸟军官,平日最会诈害良人,今日却撞在老爷手里!你却是要吃板刀面?却是要吃馄饨?"黄全大惊,知是着了道,舞动留客住,大喊道:"我是本州团练使,你是何处强人,胆敢造次?"那梢公也不言语,扑通的跳下水里,没了身影。黄全又不会水,只得大叫道:"我多与你银两,快来救我。"只见一个人从水底下钻将起来,便跳上船来,口说道:"撮鸟,看爷爷我救你性命。"黄全看时,却正是那梢公。黄全急去腰间摸银子,那人上前,一脚踢飞留客住,一手揪住黄全甲胄衣领,一手提住腰间束带,喝一声:"下去!"把黄全扑通丢下水里去。那黄全只在江里挣扎,吃了一肚皮水,口中只叫救命。那梢公操起那留客住,望黄全面门上砸去,口中道:"教你认得狗脸张爹爹。"立时血染江面。原来那梢公正是船火儿张横。

黄全跌入水中,魂归浔阳江。最后还在想——惟有黄璘与黄晖、黄昨兄弟能与我弟兄报此冤仇。他怎知：数月后，蔡太师指使己党首告，言那大理使臣当由广南路取道荆湖路赴京，然黄璘私自还乡遂致误期。赵佶以"诈冒"之罪罚处黄璘，黄氏一门如昨日余晖，风光不再。

黄璘家乡潭州亦遭牵连。自去年黄璘等离去，便被诸般压制，有那众多无辜人士，无端受害。有一人名唤蒋敬，精通书算，能积万累千，纤毫不差，人称神算子。正值科举，蔡京党众见是潭州人氏，抬笔改批作落第。蒋敬气愤不过，遂弃文从武，后流落在江湖之上，得遇摩云金翅欧鹏，以举子之身落草去了，令人唏嘘。又有那潭州人氏吕方，先前在本州贩卖生药，因潭州受此压制，不得施展，遂贩生药到山东，不想消折了本钱，不能够还乡，先遇郭盛，又逢宋江，逼上梁山，见在江州城中，大闹不已！

只见江边岸上一伙人早赶到滩头来，乱叫道："张大哥，且拢来。"张横拢船上岸，正是李俊、李立、穆弘、穆春、童威、童猛、张顺、薛永带领众庄客、火家，杀了为官的，赶散了那兵卒，都纷纷聚拢来。

李俊这一伙，却怎地来杀官兵？

原来李俊、穆弘、张横等好汉，已计议了，要杀入江州，劫法场救宋江，安排已毕，只等那日，却得穆春来报有多筹好汉入了江州城。李俊道："宋江哥哥江湖上相识多，当多有相助之人，正好一处行事。"未几，又见李立赶回，说店中遇上那伙挑担的脚夫，又说内中那人如何英雄了得。李俊、穆弘对望道："怕是梁山好汉来了？"他们又使李立、童威、童猛、薛永、穆春分头打探，却探得那酒肉知府依了黄文炳之计，行刑之日要兵分三路。"如此这般，那梁山众好汉脱身不得！"李俊在浸月亭上，思量了一会儿道："众位兄弟，可听我言？"众人齐道："但凭李大哥做主。"李俊便道："我等且尽这地主之礼，为梁山好汉除了外患。"令众人分头准备去了……

李俊、穆弘、张横等九筹江州好汉分做三伙，杀散了官军，聚会于浔阳江畔。

忽有李立店内火家来报："那梁山好汉，从十字街口不问军官百姓，杀得尸横遍野，血流成渠，直杀奔白龙庙方向去了。"

穆春闻听大叫道："我等快去会合，也让他知道我等江州好汉的厉害！"

李俊听得穆春此言，没来由心底猛地一震，沉思良久，道："众位兄弟，我有数言。"

两穆、两张、两童、李立、薛永八人凑上前来……

"李大哥，怎地行事时，我等可还去那石钟山扎寨？"童威、童猛问道。

李俊重重一叹道："罢了！为众兄弟计，我等投梁山。"

众人齐道："但凭哥哥做主。"

李俊挽了张顺手臂，二人又低语了几句。张顺自引人先上了头船。

九筹江州好汉，与众多庄客、火家，分三只棹船，沿浔阳江飞也似摇将去。

　　李俊立于船上，环顾半晌，一声叹息道："真个是血染浔阳江口！"

第十五回
英雄与好汉

浔阳江岸。

靠江一所大庙两扇门紧紧地闭着。庙两边都是老桧苍松,庙前面牌额上,四个金书大字,写道:

　　白龙神庙

一条黑大汉两斧砍开门扇,便抢入庙来。大叫道:"不要慌!且把哥哥背来庙里。"

小喽啰把宋江、戴宗背到庙里歇下,宋江方才敢开眼,见了晁盖等众人,哭道:"哥哥!莫不是梦中相会?"晁盖便劝道:"恩兄不肯在山,致有今日之苦。这个出力杀人的黑大汉是谁?"宋江道:"这个便是叫做黑旋风李逵。他几番就要大牢里放了我,却是我怕走不脱,不肯依他。"晁盖道:"却是难得这个人!

出力最多,又不怕刀斧箭矢!"花荣便叫:"且将衣服与俺二位兄长穿了。"

正相聚间,只见李逵提着双斧,从廊下走出来。宋江便叫住道:"兄弟哪里去?"李逵应道:"寻那庙祝,一发杀了!叵耐那厮不来接我们,倒把鸟庙门关上了!我指望拿他来祭门,却寻那厮不见。"宋江道:"你且来,先和我哥哥头领相见。"李逵听了,丢下双斧,望着晁盖跪了一跪,说道:"大哥,休怪铁牛粗卤。"与众人都相见了,却认得朱贵是同乡人,两个大家欢喜。花荣便道:"哥哥,你教众人只顾跟着李大哥走,如今来到这里,前面又是大江拦截住,断头路了,却又没一只船接应。倘或城中官军赶杀出来,却怎生迎敌,将何接济?"李逵便道:"也不消得叫怎地好。我与你们再杀入城去,和那个鸟蔡九知府一发都砍了便走。"戴宗此时方才苏醒,便叫道:"兄弟,使不得莽性!城里有五七千军马,若杀入去,必然有失。"阮小七便道:"远望隔江那里有数只船在岸边,我弟兄三个赴水过去,夺那几只船过来载众人,如何?"晁盖道:"此计是最上着。"

当时阮家三弟兄都脱剥了衣服,各人插把尖刀,便钻入水里去。约莫赴开得半里之际,只见江面上溜头流下三只棹船,吹风胡哨飞也似摇将来。众人看时,见那船上各有十数个人,都手里拿着军器。众人却慌将起来。宋江听得说了,便道:"我命里这般合苦也!"奔出庙前看时,只见当头那只船上,坐着一条大汉,倒提一把明晃晃五股叉,头上挽个穿心红一点髻儿,下面拽起条白绢水裈,口里吹着唿哨。宋江看时,不是别人,正是浪里白跳张顺。

当时张顺在头船上看见，喝道："你那伙是什么人？敢在白龙庙里聚众？"宋江挺身出庙前，叫道："兄弟救我！"张顺等见是宋江众人，大叫道："好了！"那三只棹船，飞也似摇拢到岸边。三阮看见，也赴来。一行众人都上岸来到庙前。

宋江看时，张顺自引十数个壮汉在那只头船上；张横引着穆弘、穆春、薛永，带十数个庄客在一只船上；第三只船上，李俊引着李立、童威、童猛，也带十数个卖盐火家，都各执枪棒上岸来。张顺见了宋江，喜从天降。众人便拜道："自从哥哥吃官司，兄弟坐立不安，又无路可救。近日又听得拿了戴院长，李大哥又不见面，我只得去寻了我哥哥，引到穆弘太公庄上，叫了许多相识。今日我们正要杀入江州，要劫牢救哥哥。不想仁兄已有好汉们救出，来到这里。不敢拜问，这伙豪杰莫非是梁山泊义士晁天王么？"宋江指着上首立的道："这个便是晁盖哥哥。你等众位，都来庙里叙礼则个。"

众好汉都入白龙庙聚会。

宋江看时，只见：

梁山好汉十七人：

第一位托塔天王晁盖。

第二位小李广花荣。

第三位赤发鬼刘唐。

第四位立地太岁阮小二。

第十五回　英雄与好汉

第五位短命二郎阮小五。

第六位活阎罗阮小七。

第七位镇三山黄信。

第八位锦毛虎燕顺。

第九位小温侯吕方。

第十位赛仁贵郭盛。

第十一位矮脚虎王英。

第十二位白面郎君郑天寿。

第十三位云里金刚宋万。

第十四位摸着天杜迁。

第十五位旱地忽律朱贵。

第十六位石将军石勇。

第十七位白日鼠白胜。

江州好汉十一人：

第一位神行太保戴宗。

第二位黑旋风李逵。

第三位没遮拦穆弘。

第四位混江龙李俊。

第五位船火儿张横。

第六位浪里白跳张顺。

第七位出洞蛟童威。

第八位翻江蜃童猛。

第九位小遮拦穆春。

第十位病大虫薛永。

第十一位催命判官李立。

共是二十九人,这个唤做"白龙庙小聚会"。

当下二十九筹好汉,两两讲礼已罢。那李立、朱贵两个相视而笑,莫逆于心,遂为挚友。

只见小喽啰入庙来报道:"江州城里,鸣锣擂鼓,整顿军马,出城来追赶。远远望见旗幡蔽日,刀剑如麻,前面都是带甲马军,后面尽是擎枪兵将,大刀阔斧,杀奔白龙庙路上来。"李逵听了,大叫一声:"杀将去!"提了双斧,便出庙门。阮小七手里拈着条笔管枪,口里喝道:"休道他是江州军将,便是蔡京亲自来时,我也搠他三二十个透明的窟窿。"晁盖叫道:"一不做,二不休!众好汉相助着晁某,直杀尽江州军马,方才回梁山泊去。"众英雄齐声应道:"愿依尊命。"晁盖等梁山好汉领带着八九十个悍勇壮健小喽啰,浔阳江上来接应的张顺等江州好汉也带四十余人,通共有一百四五十人,一齐呐喊,都挺手中军器,齐出庙来迎敌,杀奔江州岸上来。

刘唐、朱贵先把宋江、戴宗护送上船,李俊同张顺、三阮整顿船只。就江边看时,见城里出来的官军约有五七千:马军当先,都是顶盔衣甲,全副弓箭,手里都使长枪;背后步军簇拥,摇旗呐喊,杀奔前来。这便是按那黄文炳与蔡德章定下计谋驻扎

第十五回 英雄与好汉

在江州府衙左近的军马。蔡九知府逃回后,众官兵奔赴法场,大街上惨不忍睹,却不见强寇踪影,便一路追寻到此。这里李逵当先轮着板斧,赤条条地飞奔砍将入去;背后便是花荣、黄信、吕方、郭盛四将拥护。

花荣见前面的马军都扎住了枪,只怕李逵着伤,偷手取弓箭出来,搭上箭,拽满弓,望着为头领的一个马军,飕地一箭,只见翻筋斗射下马去,一袭白衣顷刻血洗。那头领定睛看着花荣,凄苦呢喃道:"纵然离了千里之外,终是着了这一枝箭。"

却是为何?

花荣不知,那白衣头领却是清风寨上的白衣教头。

去年宋江去投清风寨武知寨花荣,路过清风山,结识了燕顺、王英、郑天寿三位头领,留在山上住。时值腊日,王英下山抢掳了一个妇人,正搂住求欢之际,被宋江、燕顺、郑天寿劝住。得知那妇人的丈夫便是清风寨文知寨刘高,为因母亲弃世,今日小祥,特去坟前化纸。宋江、燕顺两个遂放了那夫人下山。后宋江投奔到花荣寨里,元宵夜观看点放花灯时,被刘高老婆芷氏于灯下认出。芷氏羞愤之下,指与丈夫。刘高便唤亲随捉了宋江去。花荣连忙写一封书,差亲随人去刘知寨处取。刘高喝令左右把下书人推抢出去。花荣听了,拴束了弓箭,绰枪上马,带了军汉,都拖枪拽棒,直奔到刘高寨里来,救出宋江。刘高见花荣救了人去,急忙点起一二百人,也叫来花荣寨夺人。

那二百人内,新有两个教头为首,武艺不济,全靠巴结,排挤走他人,占了这差使。一个姓应名全,被人叫做"鹰犬",喜着白衣。一个姓战名九朝，被人叫做"占鹊巢"，喜着红衣。

这两个教头，虽然习了些许枪刀，终不及花荣武艺，又不敢不从刘高，只得引了众人奔花荣寨里来。把门军士入去报知花荣。那时天色未甚明亮，那二百来人拥在门首，谁敢先入去，都惧怕花荣了得。看看天大明了，却见两扇大门不关，只见花知寨在正厅上坐着，左手拿着弓，右手拿着箭。众人都拥在门前。花荣竖起弓，大喝道："你这军士们，不知冤各有头，债各有主？刘高差你来，休要替他出色。你那两个新参教头，还未见花知寨的武艺。今日先教你众人看花知寨弓箭，然后你那厮们要替刘高出色，不怕的入来。看我先射大门上左边门神的骨朵头。"搭上箭，拽满弓，只一箭，喝声道："着！"正射中门神骨朵头。众人看了，都吃一惊。花荣又取第二枝箭，大叫道："你们众人再看我这第二枝箭，要射右边门神的头盔上朱缨。"飕的又一箭，不偏不斜，正中缨头上。那两枝箭却射定在两扇门上。花荣再取第三枝箭，喝道："你众人看我第三枝箭，要射你那队里穿白的教头心窝。"那应教头叫声："哎呀！"便转身先走。战教头与众人发声喊，一齐都走了。

刘知寨见军士一个个都散回寨里来说道："花知寨十分英勇了得，谁敢去近前当他弓箭！"应教头道："着他一箭时，射个透明窟窿，却是都去不得！"

那晚宋江去清风山躲避途中又被刘高差军汉背剪绑去。又有兵马都监黄信去花荣家请酒食筵宴，掷盏为号绑了花荣。清风山燕顺率王英、郑天寿两个头领赶走黄信，拿了刘高，救出宋江、花荣齐上清风山来。众人破了清风寨。花荣把刀剜了刘高,燕顺一刀砍杀芷氏。后来黄信也来入了伙。宋江引领众好汉往梁山大寨入伙。路上收了两员年少壮士,左一个是红衣吕方,右一个是白衣郭盛。宋江又遇石勇带来兄弟宋清的家书,急急独自赶回郓城家中,后被擒断配江州。

那鹰犬应教头和占鹊巢战教头亦被责罚,教人替了职役。真是:风水轮流转,因果有轮回。两个又使手段,来这江州。

却见江州诸般不同,心下甚喜。又见诸人风雅,蔡知府号寂寞人,黄团练号牧马人,上下人等名号各异。

江州人多好黄庭坚诗文。那刽子和沙竟不止一个混号,刑男犯时,号名利客,却是源自黄鲁直少时作的《牧童诗》:

> 骑牛远远过前村,短笛横吹隔陇闻。
> 多少长安名利客,机关用尽不如君。

刑女犯时,却又唤做佳人绝。又是黄庭坚登吉州快阁之作,诗曰:

> 痴儿了却公家事,快阁东西倚晚晴。
> 落木千山天远大,澄江一道月分明。
> 朱弦已为佳人绝,青眼聊因美酒横。
> 万里归船弄长笛,此心吾与白鸥盟。

两个不通文墨，也想有个雅号，自己思索不来，求到那黄孔目身上。黄孔目道："二位将官纵横沙场，情比金坚，堪比黄庭坚与洪都黄氏友人之情，可借此句——'桃李春风一杯酒，江湖夜雨十年灯。'"两个听不甚懂，只觉无比风流，大笑而去。这应全成了"一杯酒"应全，那战九朝成了"十年灯"战九朝。江州军民人等闻之，无不讥笑不已。

这二人只顾打点蔡知府，新近又任了这份捕盗官差使……

见领军捕盗官中箭，背后那一伙马军吃了一惊，各自奔命，拨转马头便走，倒把步军先冲倒了一半。这里众多好汉们一齐冲突将去，杀得那官军尸横遍野，血染江红，直杀到江州城下。城上策应官军早把擂木炮石打将下来，官军慌忙入城，关上城门。

众多好汉拖转黑旋风，回到白龙庙前下船。晁盖整点众人完备，都叫分头下船，开江便走。却值顺风，拽起风帆，三只大船载了许多人马头领，却投穆太公庄上来。一帆顺风，早到岸边埠头。

白龙庙前，庙祝望着三只大船不见了踪迹，口中喃喃道："天杀星！天杀星！天杀星啊！"

第十六回
庙堂与江湖

居庙堂之高则忧其民,处江湖之远则忧其君。

是进亦忧,退亦忧。

然则何时而乐耶?

其必曰"先天下之忧而忧,后天下之乐而乐"乎!

噫!微斯人,吾谁与归?

范仲淹的这一篇文章,令天下多少有志之士百读不厌,感慨长叹,又有几人"不以物喜,不以己悲"?

宝元元年,范仲淹奉仁宗皇帝命移知润州,过江州,特来拜祭狄仁杰。范仲淹的先祖与狄公同朝为相,皆披肝沥胆,却双双遭陷。

狄仁杰,唐朝重臣、武周宰相。

武周长寿元年，狄仁杰被诬告谋反，被贬为彭泽县令。时值彭泽遭遇时人称之"空前绝后巨旱"之灾。因前任县令向朝廷瞒报灾情，百姓生路无望，陆续外出逃灾。狄公到任次日便写奏疏，陈述"彭泽蕞尔小县，山峻田少"的实际情况，直言"即便大熟之年交罢税赋，百姓仍当缺半载食粮。目下颗粒无收，百姓焉有活路"？朝廷接报，下诏江州府，免除百姓当年税赋，并拨粮款救济灾民。百姓奔走相告，纷纷返回彭泽。狄仁杰革新吏治，劝课农桑，重振彭泽。

武周长寿二年，江南暴发蝗灾。江州府下文，令各县发动百姓敲锣驱蝗。狄仁杰一笑置之，乃组织百姓于田间草堆遍撒硫磺、以烟熏之，遂有一县丰收。是年冬，狄仁杰亲提牢狱中三百囚犯逐一问审，悉辨冤情，内中不乏死囚。至除夕日，狄仁杰将那三百人全数放归家中度岁，并相约来年初二，按时返监。及至初二日，除两名死囚迟归，其余人等皆按时返回。《彭泽县志》载，二死囚迟归有因。"一因大风所阻，舟楫不通；一为母治丧，稍稽时日。"众囚相约每人怀土一兜曰："以土谢恩，土生万物，狄公乃再生父母。"乃将土堆狱侧遂成小丘，后人称为"纵囚墩"。

狄仁杰任彭泽令四载，平多起冤屈，彭泽百姓深感恩德，遂于县街北门衙狱旁建狄公生祠，名为"狄梁公祠"。《新唐书》载："邑人为置生祠。"

唐朝有个才子皮日休，作《狄梁公祠碑》记之。

至本朝范仲淹过彭泽，参拜狄公祠。二人皆孝子忠臣，皆因为民直言得罪权贵而遭贬。范仲淹感慨良多,挥毫写就《唐狄梁公碑》,其中有名言:"为子极于孝,为臣极于忠。"

又至绍圣元年,黄庭坚挥笔书就《唐狄梁公碑》碑文。

此碑人称"狄公事、范公文、黄公书",谓之"三绝"。

惠洪曾作《谒狄梁公庙》曰:

> 九江浪粘天,气势必东下。
> 万山勒回之,到此竟倾泻。
> 如公廷诤时,一快那顾藉!
> 君看洗日光,正色甚闲暇。
> 使唐不敢周,谁复如公者?
> 古祠苍烟根,碧草上屋瓦。
> 我来春雨余,瞻叹香火罢。
> 一读老范碑,顿尘看奔马。
> 斯文如贯珠,字字光照夜。
> 整帆更迟留,风正不忍挂。

"若是狄公在世,我侯家何至于此!"侯健面向狄梁公祠仰天长号,欲哭无泪!

侯健,洪州人。

唐朝上元二年,王勃过洪州,即席赋就《滕王阁序》,名闻天下,起首云:"豫章故郡,洪都新府。"

这洪州城自元丰二年,名将王韶任知州起,越发兴旺。这王韶是江州德安人,仁宗年间与苏轼同科进士及第。神宗当政,王韶上《平戎策》,为朝廷采纳,挥师拓边,名震天下。熙宁九年亦曾知洪州。王韶子嗣颇丰,有第十三子名王寀,人呼"十三郎",生于江州,幼时随父赴京,曾于正月十五元宵夜,与老家人去观灯,混乱中被人拐去。十三郎拦轿呼救,贼人急窜,王寀被宦家抱进宫中,得见神宗天子。十三郎情急智生,在贼人衣领插了针线,因此官府得以迅擒此贼。神宗皇帝与诸人高兴不已,差人送回王韶府邸,并赐以厚礼。十三郎遂名传京师,后人称"十三郎五岁朝天"。王寀长大后善工词章,曾一气呵成《浪花》一诗,其诗曰:

一江秋水浸寒空,渔笛无端弄晚风。
万里波心谁折得,夕阳影里碎残红。

元丰四年六月二十四日,王韶逝,归葬德安。绍圣三年,哲宗令立王韶庙。崇宁三年五月,今上赵佶赐王韶庙庙额为"忠烈"。

侯健那时怎知:王韶从江州至洪州英雄一世,自己从洪州到江州的传奇方始。

侯健祖上传下一手裁缝好活,飞针走线,技艺高超。因这手臂的裁缝功夫了得,又因长得黑瘦轻捷、形似猿猴,遂被人唤做"通臂猿"。

侯家世代朴实,只知飞针走线,不懂攀龙附凤。

第十六回　庙堂与江湖

　　传到侯健父亲手上，这飞针走线的技艺更加高超，侯健母亲早亡，父子二人诸般都好，被顾客催促开了"侯家布庄"。侯家生意惹得那洪州通判黄文炳垂涎，使两个心腹几番来讹。那两个心腹多年追随黄文炳作恶，百姓深受其害。一个也姓黄，少时与人做过书童，有那巴结者唤他"黄书郎"，却被百姓背地里称做"黄鼠狼"；另一个姓蔡，人唤"蔡小郎"，百姓则呼做"豺狼"。这两个屡次讹钱不得，那黄文炳便胡乱编个原由，勒令关了布庄。侯老儿四处奔走呼号无果，一气之下染患病症，数日不起，呜呼哀哉，就此殁了。临终嘱托侯健道："吾儿体弱，自保为上，且不可擅自复仇。"

　　侯健牢记父言，安葬好父亲，便离了洪州。

　　侯健漂泊江湖，不免隐姓埋名。一日得遇一人，自称赖布衣，对侯健说道："生老病死，谁实主之。"侯健不解其意。

　　因这侯健自幼爱习枪棒，但父亲不允，只得作罢。流落江湖后，便一心寻师。几经波折方知，这江湖之人亦多花拳绣腿的师父！终遇一自洛阳流落江湖卖艺的军官子弟，那好汉唤做"病大虫"薛永，侯健拜其为师，学习使枪弄棒日夜不歇，艺成之后，薛永自去谋生。

　　黄文炳倚靠王仔昔，王仔昔便是洪州人。王仔昔自言曾得遇许逊传其道术，能预言人未来事。许逊许真君亦是洪州人，与龙虎山第一代天师张道陵齐名。因这皇帝赵佶崇奉道教，又被众道士称做"神霄玉清王者，长生大帝君"，那宠臣蔡京则被称做"左元仙伯"。赵佶甚喜，遂自封"教主道君皇帝"。因蔡京举荐，赵佶便召那王仔昔入宫去，先赐号冲隐处士，又进封通妙先生，王仔昔一直寓居蔡京宅第。蔡京因此一时权倾朝野，上至庙堂，下至江湖，多有奋力巴结者。黄文炳口舌如簧，得其庇护，横行洪州。不几年，因与其他道士相互争宠，王仔昔下狱。那黄文炳害人过多，民怨沸腾，本州百姓趁机上告。然而，因朝廷被蔡京等权臣把持，正直之臣亦有心无力。

苍天佑护善人义士。

时有饶州乐平人徐衡被赵佶特授武翼郎，回江西省亲。这徐衡乃是一方骄子。崇宁二年，先中文进士，崇宁五年，又中武状元，被赵佶任命为右班殿直。未几，由同乡许几推荐，徐衡先擢江东提点刑狱，后又任江东西路廉访使，封武功大夫，更有单骑招降巨盗之举，此皆后话。

那许几乃信州贵溪人，中进士第后调知乐平县，有吏才，善理财，四入户部至尚书。知郓州时，梁山多盗，前官屡治无果。许几道："即便是那天罡地煞妖魔，也被我信州龙虎山镇锁；今这郓州梁山，仅渔者为盗尔。"遂命十人为保，若有为盗者，皆株连杀之，一州遂平。此举郓州人尽知，为吏者宋江知之，为保正者晁盖亦知之。

政和元年，东南大水，徐衡奉命赈灾济贫。徐衡爱民如子，秉公执法，受徽宗皇帝表彰。政和三年，徐衡上赈灾救民兴国之策，徽宗特授武翼郎。徐衡为人正直，省亲偶闻侯家等乡邻受欺而不得申冤之事，遂向赵佶奏报。黄文炳探知消息，慌忙拿出搜刮所得上下使用。蔡京等得了贿赂，在赵佶面前极力维

第十六回　庙堂与江湖

护,终求得让黄文炳免去本职,成了赋闲通判。那黄文炳便回江州,投奔嫡亲哥哥黄文烨去了。黄文烨本在江州城里居住,闻得兄弟归来,又气又怜,想着江州丰盛,乱花迷人,怕他再惹下事端,遂举家迁到江州对岸无为军,那里是个野去处,免得兄弟生事。黄文烨心善,置办得房屋齐整,他弟兄两个分开做两处住,只在一条巷内出入。侯健闻得此事,暗道苍天有眼,便径直下江州,为免多生事端,索性隐在彭泽,重操旧业,伺机而动。然日夜思念老父,不得安生。今日想起狄仁杰还人清白一节,遂来狄公祠。

侯健拜罢狄公,信步而行,二三百米处,见一古塔。塔高七级、呈六面棱锥状,却是大圣塔。这塔始建于武周长寿年间,此地在唐朝时名为宝华寺,此塔在寺庙后院,非祭拜之用,乃为供奉舍利处,是为浮屠塔。侯健见那大圣塔三字,忽想起听人说江州城中承天院也有一座大圣塔。侯健却不知,承天院那一座却是"大胜塔"。

忽一日,那黄文炳要给蔡九知府家眷送礼,遂满江州寻好裁缝做衣服,恰找到侯健。这侯健惊喜之余,静心思虑了一番,便假借那"嘉祐三年瘟疫盛行,范仲淹祈禳瘟疫,仁宗天子差殿前太尉洪信往信州龙虎山宣请嗣汉天师张真人"一桩事,称做姓洪,信州人也,入了无为军黄文炳家去……

他却不知,此去正应了洪迈的《容斋四笔·得意失意诗》,说旧传有诗四句夸人得意者云:

久旱逢甘雨，他乡遇故知。
洞房花烛夜，金榜挂名时。

侯健在他乡江州城中便遇上了故知……

第十七回
无为与有为

穆家庄。

庄内学堂上,穆太公亲自出来迎接众好汉。宋江等众人都相见了。太公道:"众头领连夜劳神,且请客房中安歇,将息贵体。"各人且去房里暂歇将养,整理衣服器械。当日穆弘叫庄客宰了一头黄牛,杀了十数个猪羊,鸡鹅鱼鸭,珍肴异馔,排下筵席,管待梁山众头领并江州众好汉。饮酒中间,说起方才许多情节。晁盖执杯向穆太公谢道:"若非是令郎与众位把船相救,我等皆被陷于缧绁!"穆太公问道:"你等如何却打从那条路上来?"李逵道:"我自只拣人多处杀将去,他们自要跟我来,我又不曾叫他!"众人听了都大笑。

江州众好汉逐个来与晁盖、宋江把盏。宋江自来江州,几经挫磨,落得今日。自揭阳岭,至揭阳镇,又至浔阳江,屡屡结识江州好汉,因那时节心底不安,何曾细观其样貌。今朝数杯压惊酒喝将下去，亦不觉一一细看众人。

见穆弘生得：面似银盆身似玉，头圆眼细眉单。

见李俊生得：凛凛身躯长八尺，眉浓眼大面皮红，一口髭须垂铁线。

见张横生得：七尺身躯三角眼，黄髯赤发红睛。

见张顺生得：六尺五六身材，三柳掩口黑髯，面如傅粉体如酥。

见穆春模样：花盖膀双龙捧项，锦包肚二鬼争环。

见李立生得：赤色虬须乱撒，红丝虎眼睁圆。

童威童猛兄弟两个，后生可畏，各自一身英气。

宋江起身与众人道："小人宋江、戴院长，若无众好汉相救时，皆死于非命。今日之恩，深于沧海，如何报答得众位！只恨黄文炳那厮，无中生有，要害我们，这冤仇如何不报！怎地启请众位好汉，再做个天大人情，去打了无为军，杀得黄文炳那厮，也与宋江消了这口无穷之恨。那时回去如何？"晁盖道："贤弟众人在此，我们众人偷营劫寨，只可使一遍，如何再行得？似此奸贼，已有提备，不若且回山寨去聚起大队人马，一发和学究并众好汉都来报仇，也未为晚矣。"穆弘、张顺两个闻听，齐视李俊，见李俊默然不语。只见宋江道："若是回山去了，再不能勾得来。一者山遥路远，二乃江州必然申开明文，几时得来，不要痴想。只是趁这个机会，便好下手。不要等他做了准备，难以报仇。"花荣道："哥哥见得是。然虽如此，只是无人识得路径，不知他地理如何。可先得个人去那里城中探听虚实，也要看无为军出没的路径去处，就要认黄文炳那贼的住处了，然后方好下手。"薛永便起身说道："小弟多在江湖上行，此处无为军最熟。我去探听一遭如何？"宋江道："若得贤弟去走一遭，最好。"薛永当日别了众人，自去了。

江州城。

和氏兄弟三个家里。

和清把那李逵如何杀了高二郎、和沙两个，与那梁山贼首晁盖并立地太岁、短命二郎等众人如何劫了法场、闹了江州，一一说来。

高可立恨恨不已，兀自暴跳，口中呼叫道："天杀的李逵！天杀的宋江！天杀的梁山！"

这高可立，唤做"太岁神"，与江州和潼交好，故相托弟兄于此间。那和清安排高二郎去自家二哥和沙身旁，做了剑子，怎料遭此横祸。

和潼死了兄弟，又悲人悲己。

眼见得梁山势大，此时报仇无望，太岁神垂泪道："二郎真是短命！"

穆家庄。

宋江自和众头领在穆弘庄上商议要打无为军一事，整顿军器枪刀，安排弓弩箭矢，打点大小船只等项提备。众人商量已了，只见薛永去了五日回来，带将一个人回到庄上来，拜见宋江。宋江看那人时，见生得黑瘦身材、一双鲜眼，着一身布衣。宋江便问道："兄弟，这位壮士是谁？"

薛永答道："这人姓侯名健，祖居洪都人氏。江湖上人称他第一手裁缝，端的是飞针走线；更兼惯习枪棒，曾拜薛永为师。人都见他瘦，因此唤他做通臂猿。见在这无为军城里黄文炳家做生活。因见了小弟，就请在此。"宋江闻得侯健出身，忽地想起那贩布侯灌婴来，不免大喜，便教同坐商议。侯健一见众人，自然义气相投。宋江便问江州消息，无为军路径如何。薛永说道："如今蔡九知府计点官军百姓，被杀死有五百余人，带伤中箭者不计其数，见今差人星夜申奏朝廷去了。城门日中后便关，出入的好生盘问得紧。原来哥哥被害一事，倒不干蔡九知府事，都是黄文炳那厮三回五次点拨知府，教害二位。如今见劫了法场，城中甚慌，晓夜提备。小弟又去无为军打听，正撞见侯健这个兄弟出来食饭，因是得知备细。"

宋江道："侯兄何以知之？"侯健道："小人自幼只爱习学枪棒，多得薛师父指教，因此不敢忘恩。近日黄通判特取小人来无为军他家做衣服，因出来行食，遇见师父，题起仁兄大名，说出此一节事来。小人要结识仁兄，特来报知备细。这黄文炳有个嫡亲哥哥，唤做黄文烨，与这文炳是一母所生二子。这黄文烨平生只是行善事，修桥补路，塑佛斋僧，扶危济困，救拔贫苦，那无为军城中都叫他黄佛子。这黄文炳虽是罢闲通判，心里只要害人。胜如己者妒之，不如己者害之，只是行歹事，无为军都叫他做黄蜂刺。他弟兄两个分开做两处住，只在一条巷内出入，靠北门里

第十七回　无为与有为

便是他家。黄文炳贴着城住,黄文烨近着大街。小人在他那里做生活,打听得黄通判回家来说:'这件事,蔡九知府已被瞒过了,却是我点拨他,教知府先斩了然后奏去。'黄文烨听得说时,只在背后骂,说道:'又做这等短命促掐的事!于你无干,何故定要害他?倘或有天理之时,报应只在目前,却不是反招其祸。'这两日听得劫了法场,好生吃惊。昨夜去江州探望蔡九知府,与他计较,尚未回来。"宋江道:"黄文炳隔着他哥哥家多少路?"侯健道:"原是一家分开的,如今只隔着中间一个菜园子。"宋江道:"黄文炳家多少人口?有几房头?"侯健道:"男子妇人通有四十五口。"宋江道:"天教我报仇,特地送这个人来。虽是如此,全靠众弟兄维持。"众人齐声应道:"当以死向前。正要驱除这等赃滥奸恶之人,与哥哥报仇雪恨,当效死力!"宋江又道:"只恨黄文炳那贼一个,却与无为军百姓无干。他兄既然仁德,亦不可害他,休教天下人骂我等不仁。众弟兄去时,不可分毫侵害百姓。今去那里,我有一计,只望众人扶助扶助。"众头领齐声道:"专听哥哥指教。"宋江道:"有烦穆太公对付八九十个叉袋,又要百十束芦柴,用着五只大船,两只小船。央及张顺、李俊驾两只小船,在江面上与他如此行。五只大船上,用着张横、三阮、童威和识水的人护船。此计方可。"穆弘道:"此间芦苇、油柴、布袋都有,我庄上的人都会使水驾船,便请哥哥行事。"宋江道:"却用侯家兄弟引着薛永并白胜,先去无为军城中藏了。来日三更二点为期,只听门外放起带铃鹁鸽,便教白胜上城策应。先插一条白绢号带,近黄文炳家,便是上城去处。再又教石勇、杜迁扮做丐者,去城门边左近埋伏,只看火起为号,便下手杀把门军士。李俊、张顺只在江面上往来巡绰,等候策应。"

宋江分拨已定,薛永、白胜、侯健先自去了。随后再是石勇、杜迁扮做丐者,身边各藏了短刀暗器,也去了。这里是一面扛抬沙土布袋和芦苇油柴上船装载。众好汉至期各各拴缚了,身上都准备了器械。船舱里埋伏军汉。众头领分拨下船:晁盖、宋江、花荣在童威船上,燕顺、王矮虎、郑天寿在张横船上,戴宗、刘唐、黄信在阮小二船上,吕方、郭盛、李立在阮小五船上,穆弘、穆春、李逵在阮小七船上。只留下朱贵、宋万在穆太公庄,看理江州城里消息。先使童猛棹一只打渔快船,前去探路。小喽啰并军健都伏在舱里,大众庄客、水手撑驾船只,当夜密地望无为军来。

那条大江周接三江,浔阳江、扬子江从四川只到大海,一派本计九千三百里,作呼为万里长江。中间通着多少去处,有名的是云梦泽,邻接着洞庭湖。真个:乱石穿空,惊涛拍岸,卷起千堆雪。

当夜五只棹船装载许多人伴,径奔无为军来。此时正是七月尽天气,夜凉风静,月白江清,水影山光,上下一碧。

昔日苏东坡好友参寥子有首诗,题这江景,道是:

惊涛滚滚烟波杳,月淡风清九江晓。
欲从舟子问如何,但觉庐山眼中小。

第十七回 无为与有为

是夜初更前后,大小船只都到无为江岸边,拣那有芦苇深处,一字儿缆定了船只。只见童猛回船来报道:"城里并无些动静。"宋江便叫手下众人,把这沙土布袋和芦苇干柴,都搬上岸,望城边来。听那更鼓时,正打二更。宋江叫小喽啰各各驮了沙土布袋并芦柴,就城边堆垛了。众好汉各挺手中军器,只留张横、三阮、两童守船接应,其余头领都奔城边来。望城上时,约离北门有半里之路,宋江便叫放起带铃鹁鸽。只见城上一条竹竿,缚着白号带,风飘起来。宋江见了,便叫军士就这城边堆起沙土布袋,分付军汉,一面挑担芦苇油柴上城。只见白胜已在那里接应等候,把手指与众军汉道:"只那条巷便是黄文炳住处。"宋江问白胜道:"薛永、侯健在哪里?"白胜道:"他两个潜入黄文炳家里去了,只等哥哥到来。"宋江又问道:"你曾见石勇、杜迁么?"白胜道:"他两个在城门边左近伺候。"宋江听罢,引了众好汉下城来,径到黄文炳门前,却见侯健闪在房檐下。宋江唤来,附耳低言道:"你去将菜园门开了,放他军士把芦苇油柴堆放里面。可教薛永寻把火来点着,却去敲黄文炳门道:'间壁大官人家失火,有箱笼什物搬来寄顿。'敲得门开,我自有摆布。"

宋江教众好汉分几个把住两头。侯健先去开了菜园门,军汉把芦柴搬来堆在里面。侯健就讨了火种,递与薛永,将来点着。侯健便闪出来,却去敲门,叫道:"间壁大官人家失火,有箱笼搬来寄顿。快开门则个!"里面听得,便起来看时,望见隔壁火起,连忙开门出来。晁盖、宋江等呐声喊杀将入去,众好汉亦各动手,见一个杀一个,见两个杀一双,把黄文炳一门内外大小四五十口尽皆杀了,不留一人,只不见了文炳一个。众好汉把他从前酷害良民,积攒下许多家私金银,收拾俱尽。大哨一声,众多好汉都扛了箱笼家财,却奔城上来。

那边石勇、杜迁见火起,各掣出尖刀,便杀把门军人。又见前街邻舍,拿了水桶梯子,都来救火。石勇、杜迁大喝道:"你那百姓休得向前!我们是梁山泊好汉数千在此,来杀黄文炳一门良贱,与宋江、戴宗报仇,不干你百姓事。你们快回家躲避了,休得出来闲管事!"众百姓还有不信的,立住了脚看。只见黑旋风李逵轮起两把板斧,着地卷将来;众邻舍方才呐声喊,抬了梯子水桶,一哄都走了。这边后巷也有几个守门军汉,带了些人,跟了那黄文炳心腹亲随人唤做黄鼠狼的,驮了麻搭火钩,都奔来救火。早被花荣张起弓,当头一箭,射翻了为头的黄鼠狼,大喝道:"要死的便来救火!"那伙军汉一齐都退去了。只见薛永拿着火把,便就黄文炳家里,前后点着,乱乱杂杂火起。

当时石勇、杜迁已杀倒把门军士,李逵砍断了铁锁,大开了城门。一半人从城上出去,一半人从城门下出去。张横、三阮、两童都来接应,合做一处,扛抬财物上船。无为军已知江州被梁山泊好汉劫了法场,杀死无数的人,如何敢出来追赶,只得回避了。这宋江一行人众好汉,只恨拿不着黄文炳,都上了船去,摇开江,自投穆弘庄上来。

侯健引着薛永并白胜撑驾小船,不知何故,船正行时,忽地风水不顺。一阵风从背后吹将来,吹得这只船滴溜溜在水面上转。侯健不识水性,立于船上,争些落下水去。薛永便把手去扶时,忽然觉得阴风飒飒、寒气逼人,恍似那弩箭如雨一般射将来,亦立脚不住,得一人一手拖回。两个人惊魂稍定,定睛看时,却是白胜。

江州城里望见无为军火起,蒸天价红,满城中讲动,只得报知本府。这黄文炳正在府里议事,听得报说了,慌忙来禀知府道:"敝乡失火,急欲回家看觑!"蔡九知府听得,忙叫开城门,差一只官船相送。黄文炳谢了知府,随即出来,带了蔡姓亲随从人,慌速下船,摇开江面,望无为军来。看见火势猛烈,映得江面上都红。梢公说道:"这火只是北门里火。"黄文炳见说了,心里越慌。看看摇到江心里,只见一只小船,从江面上摇过去了。不多时,又是一只小船摇将过来,却不径过,望着官船直撞将来。蔡姓亲随从人唤做豺狼的喝道:"甚么船,敢如此直撞来!"只见那小船上一个大汉跳起来,手里拿着挠钩,口里应道:"去江州报失火的船。"黄文炳便钻出来,问道:"哪里失火?"那大汉道:"北门里黄通判家,被梁山泊好汉杀了一家人口,劫了家私,如今正烧着哩。"黄文炳失口叫声苦,不知高低。那汉听了,一挠钩搭住了船,便跳过来。黄文炳是个乖觉的人,早瞧了八分,便奔船梢而走,望江里踊身便跳。忽见江面上一只船,水底下早钻过一个人,把黄文炳劈腰抱住,拦头揪起,扯上船来。船上那个大汉,早来接应,便把麻索绑了,那亲随一并绑了。水底下活捉了黄文炳的便是浪里白跳张顺,船上把挠钩的便是混江龙李俊。两个好汉立在船上,那摇官船的梢公只顾下拜。李俊说道:"我不杀你，只要提黄文炳这厮！你们自回去，说与那蔡九知府贼驴知道，俺梁山泊好汉们权寄下他那颗驴头，早晚便要来取！"梢公道："小人去说！"李俊、张顺拿了黄文炳、蔡姓亲随过自己的船上，放那官船去了。

两个好汉棹了两只快船，径奔穆弘庄上来。早摇到岸边，望见一行头领都在岸上等候，搬运箱笼上岸。见说道拿得黄文炳，宋江不胜之喜。众好汉一齐心中大喜，说："正要此人见面。"李俊、张顺早把黄文炳及亲随带上岸来。众人看了，监押着离了江岸，到穆太公庄上来，朱贵、宋万接着。众人入到庄里草厅上坐下。侯健见是那害人豺狼蔡小郎，走上前去，一言不发，一刀毙命，为父报仇。宋江把黄文炳剥了湿衣服，绑在柳树上，请众头领团团坐定。宋江叫取一壶酒来，与众人把盏。上自晁盖，下至白胜，共是三十位好汉，都把遍了。宋江大骂："黄文炳！你这厮！我与你往日无冤，近日无仇，你如何只要害我？三回五次，教唆蔡九知府杀我两个。你既读圣贤之书，如何要做这等毒害的事？我又不与你有杀父之仇，你如何定要谋我？你哥哥黄文烨与你这厮一母所生，他怎恁般修善，扶危济困，救贫拔苦，久闻你那城中都称他做黄佛子，我昨夜分毫不曾侵犯他。你这厮在乡中只是害人，交结权势之人，浸润官长，欺压良善。胜如你的你便要妒他，不如你的你又要害他。我知道无为军人民都叫你做黄蜂刺，我今日且替你拔了这个'刺'！"黄文炳告道："小人已知过失，只求早死！"晁盖喝道："你那贼驴，怕你不死！你这厮早知今日，悔莫当初！"宋江便问道："哪个兄弟替我下手？"只见黑旋风李逵跳起身来,说道:"我与哥哥动手割这厮!我看他肥胖了,倒好烧吃。"晁盖道:"说得是。教取把尖刀来,就讨盆炭火来,细细地割这厮,烧来下酒,与我贤弟消这怨气!"李逵拿起尖刀,看着黄文炳笑道:"你这厮在蔡九知府后堂,且会说黄道黑,拨置害人,无中生有撺掇他!今日你要快死,老爷却要你慢死!"那黄文炳一言不发,紧闭双眼。李逵便把尖刀先从腿上割起,拣好的就当面炭火上炙来下酒。侯健紧闭双眼。李逵割一块,炙一块,无片时,割了黄文炳。李逵方才把刀割开胸膛,取出心肝……

西林寺。
黄文烨跪倒佛前,紧闭双眼,念念有词,难掩浊泪……

江州府。
蔡德章独自一个在堂前踱来踱去,心绪烦乱。
思索良久,急急伏案,写就一封与七哥蔡鯈的家书——因七哥最得父亲喜爱,今日江州闹出这般事来,要托他在太师面前美言。

浔阳江。
和潼、高可立两个,纵马出了江州,不知投何处去了。

穆家庄。
众多好汉看李逵割了黄文炳,都来草堂上与宋江贺喜。
忽见宋江跪将下来……

第十八回
家乡与他乡

穆家庄上,宋江忽地跪下。

晁盖等梁山众头领、李俊等江州众好汉慌忙一齐跪下,道:"哥哥有甚事,但说不妨,兄弟们敢不听!"

宋江便道:"小可不才,自小学吏,初世为人,便要结识天下好汉。奈缘是力薄才疏,家贫不能接待,以遂平生之愿。自从刺配江州,经过之时,多感晁头领并众豪杰苦苦相留。宋江因见父命严训,不曾肯住。正是天赐机会,于路直至浔阳江上,又遭际许多豪杰。不想小可不才,一时间酒后狂言,险累了戴院长性命。感谢众位豪杰,不避凶险,来虎穴龙潭,力救残生;又蒙协助报了冤仇,恩同天地。今日如此犯下大罪,闹了两座州城,必然申奏去了。今日不由宋江不上梁山泊,投托哥哥去,未知众位意下若何?如是相从者,只今收拾便行;如不愿去的,一听尊命。只恐事发,反遭负累,烦可寻思。"

第十八回 家乡与他乡

说言未绝,李逵跳将起来便叫道:"都去,都去!但有不去的,吃我一鸟斧,砍做两截便罢!"宋江道:"你这般粗卤说话!全在各人弟兄们心肯意肯,方可同去。"江州众人并薛永、侯健议论道:"如今杀死了许多官军人马,闹了两处州郡,他如何不申奏朝廷?必然起军马来擒获。今若不随哥哥去,同死同生,却投哪里去?"宋江大喜,谢了众人。

当日先叫朱贵和宋万前回山寨里去报知,次后分作五起进程。五起二十八个头领,带了一千人等,将这所得黄文炳家财,各各分开,装载上车子。

戴宗悄悄潜入城去,先去城隍庙,将出一包金银来,供献庙里,祈祷神明庇佑江州城。又去间壁观音庵,向前焚香礼拜,乞求观音大士佑护黄孔目。李逵又无住处,又无钱物,无需收拾,便随了戴宗同去。两个舍罢钱,与晁盖、宋江、花荣作头一起先去。眼见离了江州,寻思到一路的惊奇,戴宗忽地大笑不止。

薛永飘荡江湖,身无长物。侯健得报冤仇,了无牵挂。师徒两个与刘唐、杜迁、石勇作第二起去了。薛永离了这江州浔阳江,心知此生怕是难再回得故乡,口中道出诗来:"曲终人醉,多似浔阳江上泪。万里东风,国破山河落照红。"

李俊、童威、童猛早已收拾停当,三个人都到揭阳岭李立酒店来。李立带众火家烧毁了酒店。几条好汉立着看那酒帘儿,因有那皮日休"翻翻江市好"一句,李俊自加了"出出洞酒香"上去——暗合出洞蛟童威与翻江蜃童猛兄弟二人名号。

童威童猛兄弟两个眼见那酒帘儿瞬息之间于火中没了,知是离定了这江州,童猛道:"哥哥,要去拜别姨母吗?"童威摇头道:"罢了,你我弟兄今番落草,莫去沾染儒门。"两个离了江州,要前去济州,只是不知今生的归宿在何处?遂于心内道:"罢了,此生追随李大哥,做鬼也只是一处去!"四个大步下了揭阳岭,急急奔回与吕方、郭盛作第三起进发。这郭盛猛然想起:他有个远房亲戚在这江西吉州,那人乃是当朝国子监学正、司业,名为郭孝友,为官清正,做事廉明。若不是身在绿林,得此良机,当前往相会。而今自己劫法场、闹江州,岂不是脱累了探花郎?几年后,郭探花因奏江西事而提及江州城遭劫源于州官断事不明,更言当权者搜刮生辰纲实为事发之根本,此举触痛蔡京,遂被贬虔州为瑞金丞。后至靖康元年,金兀术率军兵克京师,郭孝友奉使金国。国难当头,郭孝友不计前嫌,以大局为重,真英雄也。

张横、张顺弟兄两个生在江州城,长在浔阳江,此番真个离去,心中忽地不安。张横默默携住张顺的手,与黄信、阮氏三雄作第四起登程。终日与水为伴的张顺心道:"我生在浔阳江上,大风巨浪经了万千,只因喜观这一江好水。今日虽说离了浔阳江,却能在那八百里梁山泊快活。人们说世间最美的是那杭州宁海军的西湖,不知此生可有机缘游得那湖好水?"寻思之间,不知怎地,忽地感到一阵苦楚,心中空空如也。遂暗道:"何必多忧多虑,想必此生皆是天定!"

第五起便是穆弘、穆春与燕顺、王矮虎、郑天寿、白胜。

没遮拦穆弘引兄弟小遮拦穆春在学堂上扶父亲坐了,纳头便拜。穆太公脑中忽地响起那日在归宗寺天王殿内,惠洪禅师的声音来:"忽然性命随烟焰,始觉从前被眼瞒。"太公失声哭道:"我的孩儿,父子团圆,弟兄完聚,便好!便好!"

穆弘带了家小,将家财金宝装载车上。庄客内有不愿去的,都赏发他些银两,自投别主去佣工;有愿去的,一同前往。穆弘收拾庄内已了,放起十数把火,烧了庄院。眼见撇下了田地,穆春道:"哥哥,他日会还家吗?"穆弘不答,翻身上马,头也不回,冲向前方,口中大声作歌道:"浩气冲天贯斗牛,英雄事业未曾酬。手提三尺龙泉剑,不斩奸邪誓不休!"真个没遮拦……

江州,再见!